현자의 손자 11
일기당천의 신영웅

린 휴즈
최종 결전에
마법 소녀 큐티 스리가
참전?!

"역시, 이 장비를 사용하려면
의상도 맞춰야지!"
앨리스 코너

마리아 폰 메시나
시실리 폰 클로드

"이 아이는……
나와…… 슈트름 님의 아이야."

여자 마인에게 안긴 갓난아이가
이쪽을 바라보았다.

"……그렇군.
그런 거였나……."

나는 모든 것을 이해했다.
마인에게 일어난 절망적인 상황.
제스트가 했던 마인에게 미래가 없다는 말.
그 의미를 이제야 깨달았다.
그 이유는…… 저 갓난아이가…….

밀리아

일기당천의 신영웅

현자의 손자

11

요시오카 츠요시 지음
키쿠치 세이지 일러스트
김덕진 옮김

현자의 손자

Contents

II

서장 013

제1장
개전.
인류의 존망을 건 전쟁 015

제2장
마인과의 싸움 087

제3장
슬픈 이유 159

제4장
맡겨진 마음 219

제5장
모든 것의 끝? 255

서장

드디어 슈투름이 이끄는 마인과의 결전의 날이 찾아왔다.

각국의 병사들은 신 일행의 게이트 마법으로 이미 전장에 도착해 있었다.

그곳에는 신 일행이 만든 거대한 벽이 놓여 있었다.

"이건…… 굉장하군요."

그렇게 중얼거린 사람은 크루트 국왕이었다.

그렇다. 이 자리에는 국가 원수들도 모여 있었다.

국가마다 천막을 설치해 각국의 본진으로 삼고, 그것과는 별개로 국가 원수가 한자리에 모이는 본진을 설치했다.

이 전쟁의 행방을 그 눈으로 확인하기 위해서였다.

어째서 이런 최전선에 각국의 수뇌부가 모였는가.

그것은 이 싸움의 본질 때문이다.

"이것이 인류를 지키는 벽…… 이 벽이 파괴됐을 때, 그때가 우리 인류의 패배로군요."

카난의 왕이 그렇게 중얼거린 것처럼 만약 여기서 인류가 패배한다면 슈투름은 그대로 인류를 멸망시키노라 선언했다.

다시 말해 여기에 있든 후방에서 전쟁의 보고를 기다리든 패배하면 결과는 마찬가지인 셈이다.

그렇다면 조금이라도 병사들의 사기를 올려야 한다며 알스하이드 국왕인 디세움, 엘스 상업 연합국 대통령 아론, 그리고 이스 신성국의 국가 원수이자 창신교 교황 예카테리나가 제안했다.

각국 수뇌부는 그 제안을 승낙해 이렇게 최전선에 모였다.

그러나 그중에는 이 모임을 이해하지 못한 왕도 있었다.

"어째서 왕족인 짐이 이런 곳까지 와야 하는 거지. 알스하이드 왕국 놈들…… 교황 예하의 위용을 빌려 제멋대로 굴기는……."

담 왕국의 새로운 왕은 이 제안을 알스하이드가 인기를 얻으려는 행동이라고 여겼다.

그래서 담 왕은 속으로 예카테리나가 사형인 알스하이드 국왕에게 쉽게 이용되고 있을 뿐이라고 생각했다.

그런 검은 속내와는 상관없이, 마인과 결전이 시작되는 때는 코앞까지 다가왔다.

제1장 개전. 인류의 존망을 건 전쟁

슈투름이 지정한 결전의 날.

드디어 그날이 찾아왔다.

재해급 마물을 막기 위해 만든 벽 앞에는 이번 결전에 임하는 수많은 사람이 모여 있었다.

이날을 위해 각자 단련했을 각국의 기사와 마법사들.

지난번 슈투름 파벌의 마인에게 유효타를 넣지 못했기에 독자적으로 단련해온 오그 일행.

오랜만의 전장에 고양된 할아버지와 할머니, 그리고 미셸 아저씨.

그리고 이 자리가 불편한 듯한 미란다와…….

"……야, 거기 마법 소녀."

"무, 무슨 일인데?!"

"왜?"

"너희는 또 왜 그런 모습을 하고 온 거야?"

전에 메이의 마법복을 부러워한 앨리스와 린에게 색이 다른 마법복을 만들어줬는데, 두 사람은 그 마법복을 입고 왔다.

"이런 상황에서 장난치는 거야?"

"그런 게 아니라고!"
"이게 우리의 작전. 둘이서 이길 거야."
"둘이서라니…… 아, 헬멧에 달린 통신 기능 말이야?"
그러고 보니 남몰래 연락할 수 있도록 헬멧에 마이크를 달았었지.
"그래! 린과 둘이서 연락하면서 마인을 토벌할 거야!"
"이거라면 완벽. 마인을 쓰러뜨릴 수 있어."
뭐…… 확실히 마이크로 통신하면 더할 나위 없는 연계를 할 수 있겠지만…….
"그래도 괜찮겠어? 큐티 레드. 그렇게 화려한 옷을 입고 있으면 마인의 표적이 되지 않을까?"
"괜찮아, 뒤는 린이 지켜보다가 통신기로 알려줄 테니까. 그리고 레드라고 부르지 마!"
"응. 완벽한 작전."
이미 예상하고 준비해온 건가.
하지만 문제가 하나 더 있다고.
"그 옷 말인데, 전투복하고 다르게 쇼트 팬츠가 아니라서 속옷이 다 보일걸?"
그렇다. 마법복은 전투 중에 신경 쓰이지 않도록 쇼트 팬츠로 만들었지만 메이는 전투를 하지 않을 테니 하늘하늘한 미니스커트로 만들었다.
앨리스와 린은 제트 부츠를 사용해 날아다니며 싸울 수

있다.

그렇다면 하늘하늘한 미니스커트의 안이 훤히 보이게 된다.

전투 중에 그런 걸 신경 쓰고 있으면 마인에게 당할 수도 있다.

그래서 주의를 준 건데…….

"후후후…… 그 점도 괜찮아! 제대로 안에 속바지 입었거든!"

앨리스는 그렇게 말하며 미니스커트 자락을 들어 올렸다.

확실히 속바지를 입고 있기는 한데…….

"앨리스, 대범. 이렇게 많은 사람 앞에서 치마를 올리다니."

"……어?"

처음에 말했던 것처럼 이곳에는 각국의 병사들이 집결해 있다.

자랑은 아니지만 이 결전의 중심이 될 우리는 당연히 주목을 받을 테고…….

"느, 느……."

린의 지적으로 모두의 시선이 자신에게 집중된 것을 깨달은 앨리스는.

"느야아아아아!"

기묘한 비명을 지르며 린의 뒤에 숨었다.

"하아…… 싸우기도 전에 무슨 짓인지."

자폭해버린 앨리스를 내버려두고 한 가지 더 신경 쓰이는 점을 확인했다.

"그것보다 왜 미란다가 여기에 있어?"

내 말에 미란다가 움찔했다.

"여, 역시 주제넘었지?!"

"아니, 그런 건 아닌데…… 왜?"

"그, 그건……."

확실히 미란다는 각국의 기사들에게 바이브레이션 소드의 사용법을 가르칠 정도인 데다 최근에는 미셸 아저씨의 지도로 기사 학원의 2학년 수석이 됐다고 들었다.

그러나 미란다는 아직 학생이다.

입장이 특수한 우리와는 다르게, 이 결전에 참가할 필요가 없다.

그런데 어째서인지 우리 얼티밋 매지션즈와 함께 있었다.

의아해하는 것도 무리가 아니잖아.

"내가 데려왔어."

"마리아가?"

거기서 마리아가 우리의 대화에 끼어들었다.

"내 대책이거든. 신처럼 마법을 동시에 기동할 수도 없고, 그렇다고 한 방에 쓰러뜨릴 정도의 공격력을 손에 넣는 건 한 달 가지고는 무리잖아. 그래서 내가 마법을 사용하는 사이에 미란다가 쓰러뜨리게 하려고."

아, 그런 거구나.

마리아도 앨리스와 린과 마찬가지로 2인1조로 싸우겠다

는 거군.

그건 좋은 작전인 것 같은데…….

"미란다는 괜찮아?"

"괜찮지 않아…… 이건 인류의 존망을 건 싸움이잖아? 압박을 너무 심하게 받아서 최근 며칠은 제대로 잘 수도 없었어……."

"그렇겠지……."

각국의 기사들에게 바이브레이션 소드의 사용법을 알려주는 것만으로도 위가 아프다고 했는데 이번엔 인류의 존망을 건 싸움이다.

게다가 마리아와 함께 행동한다는 것은 항상 최전선에 선다는 뜻이다.

잠이 오지 않는 것도 당연하지.

"미란다, 괜찮아?"

잠을 별로 못 잤다는 미란다에게 시실리가 말과 함께 살짝 치유 마법을 걸었다.

"으으…… 고마워, 시실리."

"마리아가 무리한 부탁을 해서 미안."

"잠깐. 그렇게 말하면 내가 나쁜 것 같잖아."

"내가 이렇게 된 건 네가 원인이잖아!"

"괜찮아. 미란다 실력이라면 쉽게 죽지 않을 테니까."

"그런 문제가 아니잖아!"

"마리아, 그렇게 말하면 안 돼."

"역시 시실리는 자상해…… 마리아하고는 딴판이야."

"뭐라고?"

"후후, 어때? 편해졌어?"

"응, 고마워."

"이걸로 마음껏 싸울 수 있을 거야."

"……응?"

"아, 다쳐도 치유해줄 테니까 걱정하지 마."

"무서워! 시실리도 무서워!"

"어?"

……즐거워 보이네.

여자 셋의 대화를 듣고 있으니 토르와 율리우스가 다가왔다.

"역시 다들 똑같은 생각인 모양이군요."

"그렇다면 토르와 율리우스도?"

"둘이서 팀이올시다."

"그렇구나."

저번에 마인과 싸운 내용을 들으니 마인의 마법을 막으며 공격할 수 없었다고 했으니까.

한 사람이 마인의 마법을 막고 다른 사람이 공격하는 방법은 괜찮은 것 같다.

"그러고 보니 다들 어떤 대책을 세웠는지 확인하지 않았군."

"야!"

이제부터 결전이잖아?!

그런데도 오그는 다른 아이들이 어떤 대책을 짜왔는지 모른다고 한다.

그래도 괜찮은 거야?

"이 일에 대해서는 모두를 믿고 있으니 확인하는 걸 잊었다."

"믿어주는 건 고마운데 확인은 제대로 해야지."

"우리는 팀이지만 전투는 개별적으로 할 테니까. 시작하기 전에 간단히 확인해두면 괜찮겠지."

그 말대로 우리 얼티밋 매지션즈는 연계해서 싸우지 않는다.

그러나 각자가 어떻게 싸우는지 알아둘 필요는 있다.

그래서 오그는 시작하기 전에 다른 아이들이 어떤 대책을 세워왔는지 확인하기로 했다.

"토르와 율리우스, 코너와 휴즈, 그리고 메시나와 월레스는 2인1조라고 했지. 또 다른 사람과 팀을 맺은 사람은 없나?"

"팀은 아니지만 시실리는 모두를 치료해야 하니까 기본적으로 내 주변에 있을 거야."

"네. 전투에서는 도움이 되지 않을지도 모르지만 열심히 모두를 치료할게요!"

최전선의 치유 요원.

그러기 위해서는 어느 정도의 전투력도 필요하기에 시실리는 최적의 조건을 갖췄다.

줄곧 치료원에서 치유 마법 수행을 했으니 치유 마법은

알스하이드뿐만 아니라 세계에서도 최고 수준.
시실리가 있는 것만으로 다들 전투에 집중할 수 있다.
그런 시실리를 지키며 마인을 토벌하는 것이 내 역할이다.
"그럼 다른 인원은 혼자서 싸우는 건가. 플레이드, 너는?"
"저는 이겁니다."
그렇게 말한 토니가 꺼낸 것은.
"이도류?!"
"하나로는 도저히 부족하다고 실감했거든. 아빠한테 부탁해서 훈련을 받았어. 그리고 이 검은 얇아서 가벼우니까."
그렇구나, 검 하나로는 막은 후 공격에 나설 수 없다.
그렇다고 검을 휘두르며 마법을 사용하기란 어렵다.
그 결과가 이도류인가.
아마 이도류는 사실 그다지 실용적이지 못하다는 말을 들은 적이 있지만, 토니가 사용하는 것은 바이브레이션 소드.
얇고 가벼운 검이라 한 손으로도 다룰 수 있다.
그것을 활용한 이도류다.
"그렇군, 좋은 생각이야. 그거라면 마인에게 충분히 대응할 수 있겠지."
오그도 인정했으니 다음을 확인하자.
"저는, 이거예요~."
그렇게 말한 유리가 내민 것은 허리에 달린 대량의 지팡이.
"설마 이게 전부 마도구인가?"

"네. 빈 공방의 장인들께 부탁해서 홀스터를 만들었어요~."

그렇게 말하며 허리에 찬 홀스터를 보여주었다.

벨트에 몇 개의 작은 고리가 달려 거기에 짧은 지팡이가 잔뜩 달려 있었다.

이거 좋네, 멋지다.

"저는 월포드 군처럼 여러 마법을 쓸 수 없으니까~ 이 지팡이로 대체하려고요~."

"흠, 이렇게 많으면 충분하겠지. 잘했다."

"네~."

오그가 칭찬하자 유리도 기뻐했다.

"저기, 저는 여러분처럼 강하지 않으니 지원을 할까 해요."

"뭘 지원할 생각이지? 스톤."

이번에는 올리비아.

솔직히 마크와 팀을 맺을 거라고 생각했기에 의외였다.

"전장을 달리며 여러분을 도와드릴까 해요. 저는 그, 마인들을 토벌할 수 없겠지만 지원 사격 정도라면……."

지나친 겸손이라고 생각하지만, 아군의 지원 사격이 있으면 든든하다.

그러나…….

"하지만 전장은 혼전이 될 텐데? 마음껏 움직일 수 있겠나?"

그 점이 걱정이지.

그러나 올리비아는 자신만만하게 말했다.

"괜찮아요. 혼잡한 가게에서 도움이 필요한 손님을 찾는 걸 잘하기도 하고 어떻게 이동할지도 생각해뒀어요."

아, 그렇구나.

올리비아의 집은 인기가 많은 레스토랑이다.

혼잡한 가게에서 무언가가 필요한 손님을 찾아내는 것은 익숙하겠지.

어떤 의미로는 올리비아에게 딱 맞을지도 모른다.

그런데 이동 방법이라는 건 뭘까?

"그럼 빈은 어떡할 생각이지?"

"저는 이걸로 싸울 겁니다."

그렇게 말하며 꺼낸 것은 검 한 자루.

"이건?"

"마도구예요. 이걸 기동하면……."

오오!

마법이 검을 휘감는다!

"마법검이 됩니다. 저도 두 가지 일을 동시에 하는 건 무리라서 도구에 기댈 겁니다."

굉장해! 마법검, 멋져!

"그렇군, 좋은 생각이다만……."

"문제가 있나요?"

나는 마크가 든 마법검에 시선을 빼앗겼지만 오그는 다른 일을 걱정하는 모양이었다.

"봐라, 신의 저 표정을. 빈, 엄청난 짓을 저질렀는지도 모르겠군."

"아, 그, 그러네요……."

야!

오그는 그렇다 치고 어째서 오그까지 「실수했다!」 하는 표정이냐고!

그보다 오그와 이야기할 때는 평범한 존댓말을 쓰는 게 신경 쓰여!

"어쨌든 이건 신이 흥미를 보일 정도로 유용하다. 훌륭하다, 빈."

"가, 감사합니다!"

여전히 모두를 잘 격려했다.

그리고 마지막은 오그 차례였는데 그 대책에 모두가 깜짝 놀랐다.

"나는 이거지."

그렇게 말하며 마법을 기동했다.

『오른손』에는 불 마법.

『왼손』에는 번개 마법.

양손으로 마법을 병렬 기동했다.

"저, 전하! 이건?!"

우리는 「오」 하는 정도의 반응이었지만 가장 크게 반응한 사람은 마법사단장 올그란 씨였다.

"마법 병렬 기동이지."

"그, 그렇게 간단히……."

"응? ……아, 나는 신이 세 개 정도 병렬 기동한 것을 본 적이 있으니 이것도 부족하다고 생각했다만. 그래, 너희에게는 놀라운 기술이로군."

그렇다 깜짝 놀란 것은 우리가 아니라 마법사단 등의 다른 사람들.

여기저기서 술렁이기 시작했다.

"전하, 굉장해……."

"전하도 굉장하지만 다른 사람도……."

"이거라면 이길 수 있어…… 이길 수 있다고!"

주위의 모두가 이길 수 있다고 외쳤다.

그러자 그에 호응하듯 저마다 외치는 병사들.

"허허. 사기를 잘 올렸구먼."

"전력을 확인하지 않았다고 했을 때는 아무리 전하라도 설교해야겠다고 생각했지만 이런 걸 노렸던 거였네."

마인과 최종 결전을 앞둔 인류 측의 사기는 최고조에 달했다.

그것을 본 할아버지와 할머니가 오그의 수완을 칭찬했다.

그러나 나는 놓치지 않았다.

할머니가 설교해야겠다고 말했을 때 오그의 뺨에 식은땀이 흐른 것을.

……역시 우연이었잖아!

이제야 전력을 확인한 우리. 그 마지막에 오그가 나에게 물었다.

"그런데…… 그 비장의 수단 말인데."

오그가 그렇게 말한 순간 주변의 모두가 긴장했다.

올리비아는 마크의 뒤에 숨어 덜덜 떨고 있을 정도.

시실리는 실험했던 장면을 떠올렸는지 얼굴이 창백해졌다.

"……정말로 괜찮은 건가? 네가 반대로 세계를 없애는 일은 없겠지?"

"……."

"이봐!"

만약 실수하게 된다면 세계가 멸망하지는 않아도 심각한 상처가 남을 것이다.

그걸 고려하면 간단하게 『괜찮다』고 말할 수 없었다.

그 침묵에 오그가 다급히 재촉했다.

"아, 응, 미안. 이것만큼은 간단히 대답할 수 없어서."

"……그러니까 그런 가능성이 있다는 뜻인가?"

"멸망하지는 않아. 하지만……."

"나름대로 피해가 생긴다는 뜻인가?"

"실수한다면."

우선 마법에 지향성을 주는 것에는 성공했다.

그러나 발사하는 방향을 실수하면 대참사가 벌어진다.

정말로 조심해야지…….

"정말이지…… 너희들, 흉흉한 이야기를 하는구나."

"아, 할머니."

우리의 이야기를 들었는지 할머니가 말을 걸었다.

"허허, 듬직하구먼. 신, 괜찮다면 나중에 그 마법의 개요를……."

"절대로 알려주면 안 돼! 이 자중할 줄 모르는 영감한테 알려줬다간 분명 써보려 할 테니까!"

"아니…… 그렇지는……."

"그럴 테니까 이렇게 말하는 거지!"

부주의한 발언을 한 할아버지가 할머니에게 혼났다.

뭐 하는 건지…….

사이가 좋은 할아버지와 할머니를 보고있자니 다른 사람이 말을 걸었다.

"설마 신과 함께 전장에 설 날이 올 줄이야."

"아, 미셸 아저씨."

"스승님!"

응? 스승님?

"미란다구나. 설마 너까지 참가할 줄이야."

아, 그렇구나.

미란다는 지금 미셸 아저씨의 지도를 받고 있었지.

"제 의지는 아니지만요……."

"뭐야, 마치 내가 납치한 것처럼 들리잖아."

"납치는 아니지만 거부권도 없었잖아! 이런…… 세계의 운명을 건 싸움에 내가 필요하다고 말하면……."

"어라? 의외로 의욕적이었구나?"

"이런 싸움을 동경하는 것과 현실은 다르다고……."

중간부터 마리아도 끼어들었다.

뭐, 이러니저러니 말해도 미란다는 부탁받은 일은 끝까지 맡아주니까.

바이브레이션 소드를 알려주는 일도 해줬고.

"이런 싸움에 참가하는 것은 자신감을 높이기도 한다. 나도 젊었을 때 마인 토벌에 불려 나간 적이 있었지."

그렇구나. 미셸 아저씨는 나이로 볼 때 예전 마인 토벌에 나간 적이 있었을 거야.

"어, 어떠셨나요?"

미란다는 들어본 적이 없었던 듯하다.

나도 미셸 아저씨의 이야기는 들어본 적이 없다.

"당시 나는 아직 기사단에 들어온 지 얼마 안되는 애송이였지. 그리고 마인의 힘에 압도되어…… 솔직히 여기서 죽을 거라고 생각했다. 멀린 님께서 와주시지 않았더라면 어떻게 됐을지……."

잠깐…… 모두의 사기를 낮추는 말은 좀 사양해주시면 안 될까요?

"뭐, 이번엔 지난번과는 상황이 크게 다르지. 우리에게는 신이 있고, 자네들 얼티밋 매지션즈가 있어. 충분히 희망적이야."

순간 불안한 표정을 한 우리를 배려했는지 그런 말을 한 미셸 아저씨.

검성에게 그런 말을 들었으니 다들 싫지는 않은 표정이었다.

알기 쉽기는.

"저기…… 미셸 님, 슬슬 출발 전의 연설을 하고 싶은데, 괜찮겠습니까?"

"응? 아, 누군가 했더니 도미니크였군. 미안했네, 시작해주게."

"감사합니다. 그럼……."

도미니크 씨는 그렇게 말한 뒤 벽 앞에 모인 각국 병사들을 향해 연설을 시작했다.

참고로 이번 작전의 총 책임자는 가스톨 국장님이다.

『다들 준비됐나?! 드디어 때가 왔다!』

도미니크 씨가 확성 마도구를 사용해 이야기하자 다들 조용해졌다.

『이번 우리의 상대는 대량의 재해급 마물, 그리고 대량의 마인이다.』

이렇게 말로 들으니 굉장하네.

원래 쉽게 나타나지 않는 재해급 마물에 과거 사례가 한 번밖에 없었던 마인.

그것이 대량 발생했다.

정말이지 이상 사태다.

『그러나 두려워할 것 없다! 제군들은 그것에 대항하기 위한 수단을 지니고 있다! 그것을 제공해준 구세의 영웅이 함께 있다!』

잠깐, 구세의 영웅이라니…… 너무 거창하잖아요.

『그리고 무엇보다…… 이번 작전에는 현자님과 도사님도 함께 하신다!』

도미니크 씨의 그 말에 병사들의 사기가 단번에 끓어올랐다.

역시 나보다 할아버지 할머니의 인기가 굉장하다.

뭐, 살아 있는 전설이니까.

다들 할아버지 할머니의 영웅담을 듣고 자란 세대다.

그런 영웅과 함께 전장에 설 수 있으니 사기가 오르기 마련이겠지.

『자신감을 가져라! 전혀 두려워할 필요가 없다!』

그리고 도미니크 씨는 마지막 한마디를 했다.

『세계를 구하자!』

『우오오오오오오오오오!』

굉장해.

병사들의 외침으로 공기가 떨린다.

옷자락이 떨리는 것까지 느껴질 정도.

모두의 사기가 최고조에 달했을 때.

『후후후, 다들 상당히 용맹하군요.』

마치 물을 끼얹듯 슈투름의 목소리가 울렸다.

"큭! 이 목소리는 슈투름인가?!"

전에 몇 번인가 들었던 목소리가 울려 퍼졌다.

그 즐거운 듯한 목소리와 말투는 분명 슈투름이었다.

『후후, 그렇습니다. 드디어 이때가 왔군요. 기다렸습니다.』

어라? 지금은 확성 마법을 사용하지 않았는데.

그런데 슈투름이 내 목소리에 반응해 대답했다.

"너, 내 목소리가 들리는……."

『네, 들립니다.』

역시.

『저번엔 제 목소리를 전달할 뿐, 당신들의 목소리를 듣는 걸 깜빡하는 바람에…… 어떻게 재밌는 반응을 하는지 듣지 못했던 점이 아쉬웠습니다.』

"이 자식…… 헛소리를……."

전에도 이쪽 목소리를 들었더라면 내가 혼잣말을 해서 창피를 당할 일도 없었을 텐데!

저것 보라고! 오그 녀석이 웃음을 참느라 어금니를 꽉 깨물고 이상한 표정을 하고 있잖아!

"정말로 이상한 녀석이네. 이게 이번 마인이니?"

"자신의 의지로 이야기하고 있군…… 믿기 어렵구먼……."

"할머니, 할아버지……."

내 말을 슈투름에 대한 적대의 말이라고 생각한 할머니 할아버지가 내게 말을 걸었다.

『이거 현자 멀린과 도사 멜리다로군요. 굉장한 거물이 나타나셨습니다.』

"뭐?! 어떻게 알고……."

『저를 따르는 자들은 원래 제국의 첩보 부대였습니다. 마인의 힘을 손에 넣은 지금, 그쪽의 정세를 조사하는 것 정도는 쉬운 일이죠.』

"뭐라고?!"

슈투름의 목소리에 제일 먼저 반응한 것은 도미니크 씨였다.

이쪽의 정세를 파악하고 있다는 것은 우리의 가족도 조사했을지도 모른다.

그렇다면…….

『아, 안심하세요. 당신의 가족 구성까지 전부 파악하고 있지만 인질을 잡는 조치는 하지 않았으니까요.』

"……거기까지 조사했으면서…… 무슨 생각이지?"

정말로 더러운 수단이지만 상대의 가족을 인질로 잡으면 확실하게 전투에서 승리를 거머쥘 수 있을 것이다.

게다가 상대는 마인.

전에 슈투름 자신도 말했던 것처럼 마인들은 인간을 벌레처럼 여기는 면이 있다.

그런 마인이 상대의 가족 구성까지 조사해놓고서 아무것

도 하지 않았다고?

그럴 것 같지 않다.

『제 부하들은 우수하니까요. 부탁하지도 않은 일까지 조사해옵니다.』

뇌리에 지난번 싸웠던 마인의 기억이 떠올랐다.

지금까지 평민이 마인화했던 녀석들과는 다르게 다른 아이들을 압도했었다.

자칫하면 시실리가 위험해질 뻔했다.

그 사실을 떠올리니 또 화가 나네.

『하지만 말입니다…….』

분노가 치미는 나와는 대조적으로 슈투름은 즐거운 듯이 이렇게 말했다.

『그런 짓을 했다간 재미가 없지 않습니까.』

그 순간 아까까지의 열기가 거짓말이었던 것처럼 주위가 조용해졌다.

"재, 재미…… 라고?"

쥐어 짜내듯 도미니크가 말했다.

『그렇습니다. 그런 짓을 했다간 흥이 깨지죠.』

"흥이라고?! 이 자식! 이 전투는 인간과 마인의 존망을 건 싸움이 아니란 말인가?!"

이제는 참을 수 없다는 듯이 도미니크 씨가 소리쳤다.

도미니크 씨만이 아니었다. 이곳에 있는 모든 사람이 같은 심정이었다.

그러나.

『후, 후후후…… 하하, 아하하하하하!』

돌연 정신이 나간 것처럼 슈투름이 웃었다.

"뭐, 뭐가 우습지?!"

『네, 우습고 말고요. 당신은 제가 한 말을 잊었습니까?』

슈투름이 한 말.

그것은.

"……게임."

『제대로 기억해주다니. 과연 신 월포드 군이군요.』

"시끄러워."

『음, 냉정하군요. 하지만 저에겐 이건 그저 게임에 불과합니다. 그런데 그렇게 비장한 각오를 하고 있을 줄이야…… 웃음이 나오는 것도 어쩔 수 없잖아요?』

정신이 나갔다.

슈투름은 게임이라고 했지만, 이것은 인류와 마인의 존망을 건, 이른바 커다란 전쟁이다.

슈투름은 그것을 게임이라 말하며 즐기려 한다.

우리와 같은 정상적인 인간이 볼 때 슈투름은 정신이 나갔다고밖에는 할 수 없다.

『게임은 반칙을 해서 이기면 즐겁지 않으니까요. 플레이어의 가족을 인질로 잡을 생각이 없으니 안심하십시오.』

이 자식, 결국 우리를 플레이어라고 부르기까지 하다니.

『자, 잡담은 여기까지 하죠. 그럼 기다리겠습니다, 신 월포드 군.』

슈트름은 마지막으로 그렇게 말하고 마법을 해제했는지 그 이후 목소리가 들리지 않게 됐다.

"정신 나갔어……."

"흠…… 착실함의 대명사였던 카일이 마인화 했을 땐 막무가내로 날뛰었지…… 이번 녀석도 인격에 상당한 영향이 나온 모양이구먼."

"그러게…… 카일은 파괴 충동이 강했지만 이번에는……."

"희열……이로구먼. 타인이 괴로워하는 모습을 보며 즐기고 있어."

할머니와 할아버지의 말을 들은 도미니크 씨가 분노에 떨며 다시 확성기를 들었다.

『다들 들었나?! 저런 웃기는 녀석을 이대로 내버려둬선 안 된다! 이 전투, 반드시 이기자! 알겠나?!』

분노에 찬 도미니크 씨의 말에 이곳에 있던 사람들은…….

『오오오오오오!』

커다란 목소리로 호응했다.

결사의 각오로 이 전쟁에 나왔건만 슈트름의 비웃음에 다들 분개했다.

"월포드 군! 벽을 열어다오!"

"네. 벽 너머에 마물은 없나요?!"

드디어 도미니크 씨가 구 제도 주변을 둘러싼 벽을 제거해 달라는 말을 했다.

다만 벽 너머에 마물이 있으면 바로 전투가 벌어져 군대가 안으로 들어갈 수 없게 될테니 벽 위에서 정찰하는 사람에게 물었다.

"괜찮습니다! 시야에 보이는 마물은 없습니다!"

좋아, 그렇다면.

"그럼 벽을 열게요! 진군 준비를!"

주변에 그렇게 전달한 나는 벽에 마법을 행사.

그러자 벽의 제일 위부터 서서히 무너졌다.

방금 보고해준 정찰병은 벽 위를 필사적으로 달려 퇴각했다.

높이 30미터, 두께 5미터로 만든 벽이 좌우로 갈라지는 광경은 실로 역동적인 장관이었다.

"이건…… 굉장한 광경이네."

실제로 상황을 지켜보던 할머니도 그렇게 중얼거렸다.

다른 사람들도 같은 심정이었는지 놀란 표정으로 열리는 벽을 바라보았다.

벽을 만들었을 때 생겨난 안쪽 지면의 골을 모든 흙이 되돌아가 다시 채웠다.

수십 미터에 이르는 벽이 사라지자 나는 마법을 멈췄다.

가능하면 벽에 너무 큰 구멍을 만들고 싶지 않았지만 지금 이곳엔 각국에서 수많은 병사들이 모여 있다.

이 정도로 열어두지 않으면 원활하게 안으로 들어갈 수 없다.

그리고 열린 벽 너머를 바라보니 정찰병의 말대로 벽 근처에는 마물이 없었다.

아득히 멀리에서 우리가 오기를 기다리고 있는 것처럼 보였다.

"신."

"왜? 할머니."

"잠깐 물어보겠는데, 이 벽에 또 네 비상식적인 마법이라도 걸어뒀었니?"

비상식적이라니, 너무하네.

항상 도리에 맞게 마법을 사용한다고 생각하는데.

그건 그렇고 할머니가 그렇게 물어보는 것도 이해한다.

"아니. 흙을 쌓고 굳히기만 한, 정말로 평범한 토벽이야."

방금 벽을 여는 작업도 특별한 마법은 일절 사용하지 않았다.

그것이 의미하는 것은 바로…….

"그러니…… 정말로 게임처럼 여기는 거로구나……."

슈투름은 말했다.

이것은 『게임』이라고.

인류와 마인, 서로의 존망을 건 게임이라고.

슈투름이 먼저 제안한 것이기에, 인류 측은 최대한 경계했다.

각국에서 대량의 감시원이 파견되어 만에 하나 벽이 부서졌을 때 신속하게 대처할 수 있도록 준비했다.

그러나 슈투름은 선언했던 것처럼 한 달 동안 아무것도 하지 않았다.

오히려 마물들이 벽에 다가가게도 하지 않았다.

놀이다.

인류는 자신들의 존망을 건 비장한 결의로 특훈하며 이날을 맞이했건만, 슈투름은 아마도 두근거리는 심정으로 이날을 기다렸을 것이다.

"……웃기는 짓거리로구먼."

열린 벽을 향해 홀로 걸어가는 인물이 있었다.

할아버지였다.

"슈투름이라는 녀석을 알 수 있다면 녀석의…… 카일의 심정도 이해할 수 있지 않을까 했다만……."

할아버지는 대량의 마력을 모으며 그렇게 중얼거렸다.

이 마력량은…… 나도 모르게 숨을 죽일 정도로 거대했다.

"이런…… 이런 목숨을 가지고 노는 녀석이 카일과 같을 리가 없지!"

화를 낸다.

그날 예카테리나 씨가 찔렸을 때와 마찬가지로 할아버지

가 격노했다.

그 분노에 호응하듯 할아버지의 주위로 붉게 타오르는 불꽃이 춤췄다.

그리고…….

"웃기지 마라!"

그것은 나조차 본 적 없는 할아버지의 진정한 전력 마법.

무척이나 커다란 불기둥이 아득히 멀리 보이는 마물들을 향해 날아갔다.

이윽고 마물들 사이로 착탄한 그 마법은 커다란 소리를 울리며 엄청난 폭발을 일으켰다.

그 위력은 조금 늦게 이쪽까지 도달한 엄청난 충격파로 쉽게 알 수 있었다.

굉장해.

이것이 『현자』.

세계에서 영웅으로 불리는 할아버지의 진정한 힘인가!

"굉장하군…… 이게 영웅의 진정한 힘인가."

얼티밋 매지션즈 차석이자 지금은 세계 2위의 실력이라 불리는 오그가 할아버지의 마법을 보고 놀라움을 드러냈다.

평소에는 공기 취급받는 것밖에 보지 않았으니까.

이렇게 말하는 나도 할아버지의 진짜 실력은 처음 봤다.

그리고 이 자리에는 할아버지를 책과 연극으로만 봤던 사람들이 수많이 존재한다.

지금까지 전설로만 들었던 영웅의 실력을 직접 본 그 병사들은…….

『우오오오오오오오오!』

순식간에 열광에 휩싸였다.

"굉장해! 현자님, 굉장하다고!"

"할 수 있어! 현자님이 계시기만 하면 우리는 이길 수 있어!"

"우오오! 현자님!"

여기저기서 병사들의 열광적인 함성이 들렸다.

그렇게 병사들의 사기는 최고조에 달했다.

『전군! 돌격!』

『오오오오오오오!』

이때를 놓칠 수 없다는 듯이 도미니크 씨의 호령이 떨어지자 사기가 높아질 대로 높아진 병사들이 돌격했다.

군대의 선두에 있던 우리도 가만히 있다간 뒤에서 밀려들 테니 함께 달렸다.

"굉장했어! 현자님의 마법!"

"굉장했어. 흥분했음."

할아버지의 마법으로 사기가 오른 것은 병사들만이 아니었는지 앨리스와 린까지 흥분하고 있었다.

다른 멤버도 전설적인 영웅의 힘을 직접 보고서 다들 흥분했다.

단 한 명을 제외하고는.

"하아…… 정말이지 화나면 무턱대고 나서는 버릇은 여전하네……."

예전부터 할아버지를 알고 있는 할머니만큼은 한숨을 쉬며 질려 했다.

"허허, 아니, 그래도 저것 보라고. 다들 사기가 올랐잖아. 그렇게 나쁜 결과는 아니지."

"그건 결과론이고! 당신은 옛날부터 항상……."

아까까지 그렇게 멋졌던 할아버지가 할머니에게 혼나며 쩔쩔매고 있다.

……마지막까지 멋지게 마무리할 수 없는 것이 할아버지의 운명일까?

"그, 그것보다 신. 너희는 마인을 상대할 테지? 보아하니 마물들 속에는 마인의 기척이 없는 모양이다만."

이런 곳에서까지 시작된 할머니의 설교에서 도망치기 위해 할아버지가 내게 말을 걸었다.

"그런 것 같아. 아마 마인들은 마도 안에 있지 않을까?"

"흠, 그럼 어떻게 할 거냐?"

눈앞에는 수천에 이르는 재해급 마물.

진짜는 그 뒤 마도에 있는 마인.

하늘을 날아가는 것도 생각해봤지만 복병이 숨어 있어 공중에서 저격당할 가능성을 생각하면 그러지 않는 편이 좋다.

그렇다면…….

"나도 할아버지를 따라해볼까."

달리며 마력을 모았다.

방금 할아버지가 사용한 것은 광범위 마법이었다.

그러나 내 마법은 목적이 다르다.

『가연성 물질 변환.』

모은 마력을 가연성 물질로 변환한다.

『압축.』

그것을 압축한다.

마법의 효과를 더 높이기 위한『언령』도 사용.

『압축, 압축, 압축.』

더 위력을 높이기 위해 압축할 수 있는 한계까지 압축한다.

『범위 지정.』

잊어선 안 되는 지향성 부여.

그럼…….

『파이어!』

점화라도 괜찮았지만 멋지고 발동하는 느낌이 더 날 것 같아『파이어』라고 했다.

그러자.

지금까지 마법 연습장인 황야에서 시험했을 때와는 비교할 수 없을 정도의 대폭발이 일어났다.

그 폭발은 부여된 지향성으로 전방에만 효과를 발휘했는데 그 위력이 굉장했다.

그 마법의 사선상에 있던 『재해급』 마물을 휩쓸었고, 폭풍에 휘말려 날아가는 마물, 죽지는 않았지만 멀리 날아가 큰 대미지를 받은 마물이 속출했다.

그 결과 내 앞으로 마물이 전혀 없는 일직선의 길이 만들어졌다.

"오오……."

깜짝이야!

황야에서는 그다지 높은 위력의 마법을 사용하지 않았으니 이렇게까지 위력을 높인 마법을 사용한 것은 처음이었다.

어마어마한 위력에 사용한 나 자신이 놀라고 말았다.

언령이라는 영창까지 사용하면 위력이 이렇게나 상승하는 건가…….

"신! 넌 또 말도 안 되는 짓을 저지르는 거냐!"

이런.

할머니가 바로 옆에 있었지.

얼굴을 보지 않아도 알 수 있다.

분명 불같이 화내고 있을 것이다.

"조, 좋아! 길이 열렸어! 오그! 이 틈에 마도까지 빠르게 가자!"

"그, 그래."

"앗! 요 녀석!"

이런 최전선에서 설교를 받지는 않겠지만 조건 반사로 할

머니에게서 도망치듯 마물 집단 사이로 생긴 길을 따라 달렸다.

"신! 돌아오면 혼내줄 거야!"

뒤에서 할머니가 큰 목소리가 들렸다.

"후…… 돌아오면 혼난다는군, 신."

"윽…… 너무해."

오그에게서 그런 소리를 들은 나는 봐달라는 행동을 하면서도 내심 웃고 있었다.

『돌아오면.』

할머니는 그렇게 말했다.

다시 말해 이 전투에서 승리해 집으로 돌아오기를 믿고 있다는 뜻이다.

그렇다면 내가 할 일은 한 가지.

"설교는 사양하고 싶지만 되도록 빨리 끝내고 집으로 돌아갈까."

그렇게 말한 내게 모두가 미소로 찬성해주었다.

◆

수천이나 되는 재해급 마물 집단 사이로 불쑥 생겨난 길.

그 비상식적인 광경을 만들어낸 장본인은 재빨리 그 길을 따라 돌진하고 있다.

"정말이지! 그 영감에 그 손자라니까!"

그 광경을 만들어낸 장본인인 신이 떠난 곳을 보며 멜리다가 거칠게 말했다.

"이렇게 많은 사람 앞에서 그런 마법을 사용하면 자신이 경계당할지도 모른다는 걸 어째서 모르는 건지!"

"하, 하하. 멜리다 님, 부디 진정하십시오. 이번만큼은 그런 걱정하실 필요 없을 것 같습니다."

신이 상식 밖의 마법을 사용할 때마다 시끄럽게 주의를 준 것은 마인이라는 위협이 사라진 뒤 신이 위험인물 대우를 받지 않기를 바라는 배려 때문이었다.

그러나 할머니의 마음을 손주는 모르는지 여전히 자중하는 흉내도 보이지 않았다.

멜리다는 그 사실을 한탄했지만, 이번 작전의 총지휘관인 도미니크는 걱정할 것 없다고 말했다.

그 이유란.

"방금 월포드 군의 공격으로 병사들의 사기가 최고조에 달했습니다. 듬직하다고 생각할지언정 두려워할 일은 없을 테죠."

도미니크의 말대로 방금 신의 공격에 화를 내는 사람은 멜리다 이외에 없었다.

보통 군의 정예병을 모아 죽을 각오로 싸워야 이길 수 있는 재해급 마물.

그 대부분이 신의 공격으로 사라졌다.

죽음을 각오한 병사들이 기뻐하는 것도 무리가 아니다.

그리고 도미니크의 말대로 사기가 오른 병사들도 신이 지급한 바이브레이션 소드를 들고서 마물과 전투를 시작했다.

"……지금은 인류의 존망이라는 극한 상태이니 신경 쓰지 않겠지만, 이 전투가 끝나도 그러리란 보장은 없잖아?"

도미니크는 문제없다고 했지만 멜리다는 조모라는 입장 탓에 걱정스럽기만 했다.

"하하하. 멜리다 님은 여전히 신을 귀여워하시는군요."

그 심정을 알았는지 미셸이 멜리다를 놀렸다.

"무, 무슨 말이니! 딱히 그 아이가 귀여워서 이러는 게 아니라 단순히 남에게 피해를 주지 않을까 걱정하고 있을 뿐이야!"

"흠. 그럼 그런 거로 해두죠. 그런데 멜리다 님."

"뭐니?!"

"우리도 슬슬 전투에 참가할까요?"

손자를 향한 조모의 새침한 모습이라는 대체 누가 좋아할지 알 수 없는 반응을 하는 멜리다.

그 반응을 보고 재밌어하는 미셸.

그 태도에 화가 났지만, 확실히 여기서 이야기만 하고 있을 거라면 일부러 전장에 나선 의미가 없다.

"하아…… 정말이지 그 울보 꼬마가 콧대만 높아졌구나.

알았다, 마물을 확실히 토벌해주마."

"메, 멜리다 님. 여기서 그 이야기는……."

만났을 때는 약해서 자주 울음을 터뜨렸던 미셸이 지금은 멜리다를 재촉할 정도로 성장했다.

멜리다는 그런 과거가 그리웠지만 미셸은 잊고 싶은 흑역사에 속하는 이야기였던 모양이다.

"우, 울보 꼬마?"

"도미니크."

"네!"

"……그 이야기는 잊어라. 알겠나?"

"네, 넵!"

도미니크는 미셸의 과거에 흥미가 솟았지만 어지간히 알리고 싶지 않았는지 미셸이 약간 살기를 담으며 명령했다.

최정예의 세계 연합군을 지휘하는 도미니크지만, 살기를 보내는 이전 상관에게는 거스를 수 없어 떨리는 몸으로 명령을 승낙했다.

"다들 이제 끝났는가?"

세 사람의 대화를 곁에서 지켜보던 멀린이 이제야 끝났냐며 말을 걸었다.

"설마 멀린 님께서 솔선해서 돌격하시지 않으실 줄은 몰랐습니다."

"넌 나를 뭐라고 생각하는 거냐?"

과거의 멀린을 아는 미셸은 자신들의 대화가 끝날 때까지 기다린 멀린을 신기하게 바라보았다.

"네? 사람의 모습을 한 악마 아닙니까?"

"그래. 미셸, 이 싸움이 끝나면 각오해둬라."

"어이쿠, 당분간 댁에는 가까이 가지 않는 편이 좋겠군요."

"이런, 이런…… 시작하자."

수십 년 동안 알고 지낸 탓이기도 할 것이다.

수많은 재해급 마물과 전투를 벌이기 전이라고는 생각할 수 없을 정도로 가벼운 대화.

솔직히 도미니크는 눈앞까지 마물들이 다가와 제정신이 아니었다.

그러나 그런 도미니크의 걱정은 기우로 끝났다.

"……! 이, 이건, 마력 장벽?!"

"흥. 고작 재해급 마물이 내 장벽을 부술 수야 있겠니?"

접근해온 재해급 마물이 멜리다의 마도구로 발생한 장벽에 막혔다.

마물의 몸 그 자체를 막은 것으로 보아 마력 장벽만이 아니라 물리 장벽도 전개한 듯했다.

도미니크는 그 장벽의 강도에 경악했지만 그것을 당연한 듯이 받아들이는 인물이 있었다.

"이렇게 다가오면 이제 피할 수 없을 거다!"

멜리다가 장벽으로 마물을 붙들 것이라고 확신한 멀린은

신에게 뒤지지 않을 정도의 마력을 모았다.

그리고 마물이 장벽에 부딪히는 순간, 그 마력을 단번에 해방했다.

"자! 날아가라!"

멀린이 마법을 사용한 순간, 전개했던 장벽을 없앤 멜리다.

조금의 실수도 없는 완벽한 연계였다.

그리고 멀린이 사용한 마법이 마물 무리의 정중앙에 떨어지자 엄청난 굉음과 함께 폭발했다.

그것은 아군조차 휘말릴 정도의 대폭발이었지만 멜리다는 잠시 해제했던 장벽을 마법이 떨어지는 것에 맞춰 다시 전개했다.

덕분에 아군이 휘말리는 상황은 면했다.

"여전히 엉망이네, 당신은."

"상대가 재해급이잖아. 봐줄 수 없으니까."

황당한 멜리다와 오랜만에 전력으로 마법을 사용하여 기분이 좋아진 멀린.

"여전히 훌륭한 연계군요."

미셸은 전에 봤을 때와 조금도 다르지 않은 두 사람의 연계를 보고서 감탄했다.

그리고 멀린과 멜리다의 전투를 처음 본 도미니크는.

"이것이…… 이것이 영웅의 힘……."

다른 알스하이드 국민과 마찬가지로 두 사람을 동경했던

도미니크는 전설적인 영웅의 힘을 가까이서 보고는 내심 흥분을 억누르지 못했다.

멀린이 영웅의 이름에 부끄럽지 않은 엄청난 마법을 선보인 것으로 연합군의 사기는 더욱 높아졌다.

"과연 멀린 님과 멜리다 님이시군. 실력이 조금도 녹슬지 않으셨어."

멀린이 사용한 화려한 마법에 경악해 열광하는 병사들과는 다르게 알고 지낸 지 오래된 미셸은 냉정했다.

그리고 허리에 찬 검을 뽑고서 도미니크 군무국장에게 말했다.

"그럼 연로하신 두 분께서 애쓰고 계시니 우리도 질 수야 없지."

"네? 미셸 님도 충분히……."

"뭐라고?"

"아, 아니요! 아무것도 아닙니다!"

"그래? 뭐, 됐다. 가자."

"네? 네에?! 저, 저도 말씀입니까?!"

"응? 뭐냐, 안 갈 건가?"

"저는 총사령관이라…… 전체적인 국면을 파악할 필요가 있으니……."

"흠, 그랬지. 아직 햇병아리 시절이었던 인상이 강하게 남아 있어서."

"저를 기사단 총장에 임명하신 건 미셸 님이시잖습니까!"
"그랬지. 나이가 드니 옛날 일만 떠오르는군."
"최근 기억이 옅은 걸 봐도 역시 연로하신……."
"뭐라고 했지?"
"아무것도 아닙니다! 미셸 님, 마음껏 날뛰어주십시오!"
"그래. 지금의 나는 번거로운 지휘 계통에서 독립한 몸. 마음껏……."
도미니크에게서 마물들에게로 시선을 돌린 미셸은.
"날뛰어보실까!"
맹렬하게 돌진했다.
마물들 한복판으로 뛰어든 미셸은 계속해서 마물을 베었다.
그 모습을 지켜본 도미니크는 질려버린 목소리를 냈다.
"……미셸 님의 검은 바이브레이션 소드가 아닌데……."
"허, 『난도질』도 건재하다는 건가."
"이봐, 루퍼! 그런 소리 말게! 들리면 어쩌려고!"
『난도질』.
미셸의 기사단 시절의 별명이다.
기사단에 입단하고 얼마 지나지 않아 나선 마인 토벌전에서 전혀 도움이 되지 않아 분했던 미셸은 그 후 철저하게 자신을 단련해 마물을 마구 베어 그 별명을 얻었다.
그 이후 기사단을 은퇴하고 조용해졌는가 싶었지만 아무래도 멀린에게 감화된 듯하다.

다른 기사들과 다르게 평범한 검으로 재해급 마물과 맞서는 미셸은 정말이지 『난도질』이라는 이름에 걸맞았다.

"바이브레이션 소드라면 베는 감촉이 없으니 그런 거겠지만…… 굉장하군."

"그래. 보아하니 은퇴하기 전보다 강해지신 것 같다."

"……나도 질 수 없겠어."

"뭐? 루퍼, 설마 너도 참가할 생각인가?"

"흥, 나는 너와 다르게 사령관이 아니다. 잠깐 날뛰고 오지!"

"앗! 이봐! 너는 『부사령관』이잖아!"

미셸에게 질 수 없다는 듯이 뛰어나간 루퍼에게 도미니크가 소리쳤지만, 이미 들리지 않는 곳까지 가버리고 말았다.

그리고 지금까지도 단련하고 단련한 마법을 연발하는 루퍼를 본 도미니크는.

"제길! 치사하다, 루퍼!"

마물 상대로 날뛰는 루퍼를 보고서 자신도 모르게 험한 소리를 내고 말았다.

알스하이드의 아저씨들은 이렇듯 오늘도 기운이 넘쳤다.

한편 다른 전장에서는 신이 바이브레이션 소드로 만든 무기를 휘두르는 집단이 있었다.

"이야압!"

"하! 굉장하군! 우리가 재해급 마물을 토벌하고 있잖아!"

근골이 장대한 몸에 로브를 두른 카난 최강의 전사『양치기』들이었다.

“이얍! 얼마든지 와라! 전부 베어주마!”

『초음파 진동』을 부여한 할버드를 휘두르며 계속해서 마물을 베어나가는 양치기들.

그 표정으로 할버드의 날카로움에 취한 것을 알 수 있었다.

그리고 자신들은 강하다고 확신하고 말았다.

“이봐! 뒤!”

“어?”

그 목소리에 돌아본 양치기가 본 것은 유인원 마물이 그 기다란 팔을 들고서 당장에라도 내려치려는 광경이었다.

“아…….”

이미 할버드를 휘두를 여유가 없었다.

양치기는 죽음을 각오했지만 그 유인원은 팔을 든 채로 움직임을 멈추고 천천히 둘로 갈라졌다.

“어? 어?”

“우쭐대기나 하긴, 이 멍청한 녀석이!”

양치기를 위기의 순간에서 구해준 것은 같은 양치기이자 리더격 존재인 가란이었다.

“마물을 쓰러뜨릴 수 있는 건 신의 마도구 덕분이다! 너 자신이 강해진 게 아니야! 그걸 잊지 마라!”

“네!”

"알았으면 빨리 가! 이제 방심하지 마라!"
"아, 알겠습니다!"
죽을 뻔해서 주저앉았던 양치기는 가란의 말에 벌떡 일어나 다시 마물들이 있는 곳으로 갔다.
죽을 뻔했던 마물과 맞서는 것보다 가란에게 혼나는 쪽이 더 무서웠다.
그런 양치기를 바라본 가란은 한숨을 쉬었다.
"하아…… 확실히 굉장한 무기구나, 신. 하지만 이걸 사용하는 것으로 이상한 욕망을 품는 녀석이 없었으면 좋겠는데……."
가란은 신이 마도구로 만들어준 자신의 할버드를 보며 중얼거렸다.

또 다른 전장.
그곳은 담 왕국이 담당하는 구역이었다.
거기서는 담 왕국군의 사령관인 히이로 카툰이 그 구역을 지휘했다.
"어때? 그 검을 사용해본 소감은?"
"굉장하군요. 담 주변의 마물로도 시험해봤지만 상대는 중형에서 커봤자 대형 마물. 설마 재해급에게도 이런 위력을 발휘할 줄은……."
부하의 보고를 들은 히이로는 끄덕였다.
"과연 이세계 치트 용사라는 건가……."

"네?"

"아니, 아무것도 아니야. 그것보다 만약 그 검이 군의 제식 장비가 되면 어떻게 될 것 같아?"

"이 검을 들지 않은 군은 상대도 안 될 테죠. 유린당할 겁니다."

"그래. 그리고 이 검은 알스하이드의 영웅이 준 거였지."

"그렇습니다."

담 왕국군의 최고 사령관과 그 부하는 담의 병사들에게 차례차례 토벌되는 마물들을 지켜보았다.

그 얼굴에는 옅은 미소가 떠올라 있었다.

◆

처음 마물을 상대로 영창을 해서 마법을 사용해봤는데 예상 이상의 결과가 나와 놀랐다.

그 심정을 부유 마법을 사용해 마물들 사이를 가로지르며 솔직히 말해보았다.

"와, 놀랐어."

"놀랐다고 할 수준이 아닙니다! 누가 봐도 지나쳤어요!"

결과가 자신의 예상을 웃돌았던 것을 솔직하게 말하니 토르가 화를 냈다.

뭐, 확실히 앞이 보이지 않을 정도로 모인 마물을 둘로 분단할 정도로 길이 나고 말았지만…….

“이동하기 편해졌으니 괜찮잖아. 체력을 낭비할 때가 아니니까.”

“그건 뭐 그렇습니다만…….”

간신히 토르를 구슬리니 이번엔 오그가 끼어들었다.

“신의 말이 맞지만 뒷일이 큰일이지.”

“뒷일?”

“멜리다 님의 설교 등등.”

“으아…….”

오그의 말에 분노한 표정의 할머니가 떠올라 맥이 빠졌다.

그렇겠지, 돌아가면 설교라…….

“멜리다 님의 설교만이 아니겠지. 너무나도 많은 사람 앞에서 마법을 보여줬어. 이번엔 신이 두려움의 대상이 되지 않도록 만들어야 해.”

“아~ 폐를 끼쳤나요?”

“왜 의문형이지? 뭐, 늘 있는 일이지. 신경 쓰지 마.”

“응, 항상 고마워.”

“…….”

항상 내 뒤처리를 해주는 오그에게 고맙다고 말하자 어째서인지 아무 말도 돌아오지 않는다.

뭐지?

“왜 그래?”

"아니…… 신이 솔직하게 고맙다고 말하다니, 뭔가 좋지 않은 일이 일어날 징조가 아닌가 해서 말이지."

"너무하잖아!"

"그러지 말라고. 평소에 솔직하지 않은 녀석이 중요한 순간에 솔직해지는 건 이야기에서 곧 죽는 녀석이 하는 행동이잖아."

"너도 참 의외로 그런 이야기를 좋아하네."

나와 시실리를 붙여줬을 때도 그랬는데 사망 플래그를 믿는 모양이다.

"야, 그러지 마!"

"마리아까지!"

정말로 이 녀석들은 나를 뭐라고 생각하는 건가.

내가 세계의 위협으로 보이지 않도록 오그와 디스 아저씨가 고심해주는 것은 알고 있다.

그걸 고맙다고 했을 뿐인데!

그런 평소의 대화를 나누며 마도로 이동하니 이번에 특별히 참가한 미란다가 중얼거렸다.

"……기, 긴장감이……."

미란다는 마법을 쓸 수 없어 부유 마법으로 띄울린 후에는 마리아가 손을 잡고 끌고 있다.

그녀가 우리와 함께 작전 행동하는 것은 처음인데 뭔가 당황스러운 모양이다.

무슨 일일까?

"왜 그래, 미란다."

손을 잡은 마리아도 신경 쓰였는지 미란다에게 물었다.

"아니, 지금부터 마인의 거점인 마도에 가는 거잖아?"

"응."

"마인과 싸우는 거지?"

"이번에야말로 날려주겠어!"

"히, 힘내…… 그리고 마인의 우두머리, 싸움의 원흉인 슈투름과 대결하러 가는 거지?"

"미란다, 괜찮아? 이제 와서 그런 당연한 걸 묻다니."

마리아가 걱정하는 것처럼 미란다는 괜찮은 걸까?

지금 한 말은 현상 확인이다.

그것을 해야 할 정도로 긴장한 걸까?

다들 그렇게 생각했는지 배려하는 시선으로 미란다를 보았다.

"잠깐! 왜 그런 시선으로 보는 거야?! 내가 이상한 것 같잖아!"

"응? 하지만 이제 와서 그런 걸 확인하면……."

"내가 하고 싶은 말은! 그런 엄청나게 중요한 상황인데 어떻게 웃고 있을 수 있냐는 거야!"

……아!

이런.

할머니가 너무 무서웠던 것과 오그가 놀린 탓에 평소처럼 대화하고 말았다.

나도 모르게 농담했던 것을 반성하고 있으니 오그가 진지한 얼굴로 미란다에게 말을 걸었다.

"너무 긴장했군, 월레스."

"하, 하지만 전하!"

"너무 긴장하면 몸에 불필요한 힘이 들어가지. 그렇게 되지 않도록 평소처럼 행동하고 있을 뿐이다."

"그, 그런가요?"

"그리고."

오그는 여기서 말을 끊고서 나를 보았다.

"신이 함께 있으니 우리가 패배하는 미래를 상상할 수 없군."

"그건 그래요!"

"아까도 전력을 다한 것 같지 않고. 월포드 군이 질 것 같지 않아."

오그의 말에 앨리스와 린도 찬성했다.

"오히려 신이 과하게 저지르지 않을까 걱정되는군."

오그가 덧붙인 쓸데없는 한마디 덕분에 다들 웃음을 터뜨리고 말았다.

"그, 그렇게까지……."

"그러니 월레스, 그렇게 긴장하지 말고 조금 더 힘을 빼라. 너는 우리와 다르게 검사다. 어깨에 힘이 들어가면 본래의 힘을 발휘할 수 없잖아?"

"전하…… 네! 알겠습니다!"

그렇구나. 잘 생각해보면 미란다는 마리아와 함께 마물 사냥에 나선 적은 있어도 마인과 싸운 적은 없었지.

출발하기 전에도 너무 긴장해서 잠을 잘 못 잤다고 했었고.

배려가 좀 부족했는지도 모른다.

그런 점에서 오그는 지금 이야기로 미란다를 진정시킬 수 있었다.

오그의 행동은 우연이라고 생각하지만 예기치 못한 사태를 유리하게 가져가는 능력이 정말로 뛰어나다.

그런 점은 나한테는 무리겠지.

그런 생각을 할 때였다.

"……오그."

"그래."

"미안, 일단 내려간다."

"……알았다."

오그에게 말한 나는 일단 부유 마법을 해제하고 지상으로 내려갔다.

"월포드 군? 갑자기 왜 그래?"

갑자기 지상으로 내려간 내게 미란다가 알 수 없다는 듯이 물었다.

다른 아이들은 내가 지상으로 내려간 이유를 알고 있으니 아무 말도 하지 않았다.

무슨 일이 일어났는지 모르는 미란다에게 마리아가 말했다.

"아, 그렇구나, 미란다는 모르겠구나."

"응?"

"마력을 탐지할 수 없으니까."

"그렇다면 적이 오고 있어?!"

다들 마력 탐지 탓에 조용해진 것을 깨달은 미란다가 전투 준비에 들어갔다.

"진정해라, 월레스. 쫓아온 게 아니야."

"무슨 말씀이세요? 전하."

"쫓아온 건 아니다만, 있다는 뜻이지."

"……?"

"뭐, 가까이 가면 알 거다. 여기서부터는 제트 부츠를 사용한다. 알겠지?"

『네!』

미란다도 오그의 말을 따라 얌전히 제트 부츠로 이동하기 시작했다.

그렇게 멀어보였던 마도가 가까워지자 모두의 긴장감도 높아졌다.

그제야 미란다에게도 보인 듯했다.

"저, 저, 저건……."

미란다도 인식하고서 일단 멈췄다.

"……처음 봤어요……."

"나도 처음 봤어…… 굉장하군."

시실리와 토니는 놀랐다.

당연하겠지.

나도 이야기로는 들은 적이 있다.

하지만 실물은 박력이 다르다.

저것을 한마디로 표현하자면…….

"……고ㅇ라?"

"슈투름이 이런 것까지 준비한 건가?!"

우리가 본 것.

그것의 생김새는 괴수 그 자체.

그 실체는 전에 한 번 할아버지의 이야기에 나왔던 용.

그것이 마물이 되어 흉악한 마력을 주위에 흩뿌리고 있는 모습이었다.

"괴, 굉장한 박력이네……."

생물로서의 근원적인 힘이 다르기 때문일까, 지금까지 봤던 재해급 마물이 졸개로 보일 정도의 박력에 나도 모르게 중얼거렸다.

"감탄할 때가 아니다, 신. 이건 최악의 상황이야."

"최악?"

오그는 무언가를 깨달은 듯했다.

"그래, 진짜 용을 보는 건 나도 처음이라 단언할 수는 없다만…….”

그렇게 서론을 던진 뒤 말을 이었다.

“저건…… 폭군일 거다.”

“폭군…….”

아, T-Rex 말이구나.

앗!

“그건 최강의 용이잖아…….”

“그래. 그래서 최악이라고 한 거지.”

진짜야?

애초에 용 자체가 재해급 마물에 필적할 정도로 강하다고 알려져 있다.

그것이 마물이 되었다면…….

“마인 수준으로 위험한 것 아닐까…….”

“그건 확실하겠…….”

『GYAWOOOOOO!』

오그와 이야기하고 있으니 용 마물이 돌연 포효했다.

우리가 있는 곳에서는 용 마물이 보인다.

그렇다면 용 마물도 우리가 보인다는 뜻이다.

멀리 모여서 쉽게 다가오지 않는 것이 답답한 거겠지.

그 포효에 마력을 담아 이쪽으로 날렸다.

대지를 뒤흔들며 마음속 깊은 곳에 공포를 심는 듯한 포효.

우리는 포효에 마력이 담긴 것을 알았기에 반사적으로 마력 장벽을 펼쳤다.

그러나 이곳에는 한 명 그러지 못하는 사람이 있다.

"아…… 아……."

마법을 쓸 수 없는 미란다는 마력이 담긴 포효를 정통으로 맞고서 바들바들 떨었다.

완전히 용의 위압에 삼켜졌다.

"큰일이군. 클로드, 치유 마법을 걸어줘."

"알겠습니다!"

떠는 미란다를 본 오그가 시실리에게 치유 마법을 걸어주도록 의뢰했다.

시실리는 미란다에게 달려가 살짝 안아 등을 자상하게 두드려주었다.

"괜찮아…… 괜찮아."

"하아…… 하아……."

"진정해…… 응, 천천히 심호흡하고……."

"하아…… 후우……."

"괜찮아?"

"응…… 고마워, 시실리."

시실리가 치유 마법을 걸어주며 천천히 심호흡을 시키니 미란다가 진정되었다.

최근 시실리와 미란다는 자주 만나게 되어 친해졌다는 것을 잘 알 수 있는 광경이었다.

미란다는 시실리의 말에 귀를 기울여 전폭적으로 신뢰하듯 치유 마법을 받아들였다.

그 결과 몸의 경직이 풀리고 정신적으로도 진정된 듯했다.

“월레스, 너는 마법을 쓸 수 없으니 건네준 마도구로 장벽을 펼치는 버릇을 들여라. 마력과 물리, 이중으로.”

“앗, 네. 죄송합니다, 전하.”

오그는 미란다가 침착해진 것을 확인한 뒤 주의를 주었다.

이번에 미란다는 귀중한 전위로서 참가했다.

중요할 때 움직일 수 없게 된다면 곤란하니까.

“좋아. 그럼 저 녀석을 어떻게 할 지인데…….”

오그는 그렇게 말한 뒤 용 마물을 보았다.

그러자 그곳엔 커다란 발로 지면을 딛고 긴 꼬리를 휘두르는 용의 모습이 보였다.

“흐, 흥분했나 본데…….”

마리아의 말대로 흥분해서 제도의 문 앞에서 거칠게 굴었다.

솔직히 그 모습만으로도 약간 무서웠다.

그러나 무섭다고 부유 마법으로 날아다니면 제도에 몸을 숨긴 마인에게 저격당할 가능성이 있다.

그리고 애초에 이 녀석을 내버려 뒀다간 다른 사람들이 있는 곳으로 갈지도 모른다.

어떻게든 재해급 마물과 호각으로 싸울 수 있게 됐는데 그 이상의 마물과 싸우게 놔둘 수는 없다.

그러니 우리는 용 마물을 쓰러뜨리는 것 이외의 선택지는 없었다.

"쓰러뜨릴 수밖에 없겠어."

"그래, 그러는 수밖에……."

제도 쪽을 보던 오그가 갑자기 말을 끊었다.

뭐지?

용이 포효한 것도 아닌데?

그렇게 생각하며 오그의 시선을 따라 제도 쪽을 보니…….

"……이게 뭐야."

"슈투름 자식! 그렇지 않아도 용은 희소한데!"

나는 순간 눈을 의심했고, 오그는 화를 냈다.

그 이유는…… 제도에서 용이 추가로 나타난 탓이다.

폭군룡 이외에도 수장룡, 각룡, 갑옷룡 등.

전부 마물이 되었다.

용은 과거의 남획 탓으로 개체 수가 급감해, 지금은 멸종 위기종으로 지정되어 있다.

그런 용을 마물로 만들어 우리에게 보낸 것에 오그는 분노했다.

그리고 나타난 용들도 폭군룡 근처에서 마찬가지로 거칠게 행동했다.

그나저나…….

"역시 어색하네."

"뭐가요?"

나도 모르게 중얼거린 말을 시실리가 들은 모양이다.

뭐가 어색한지 물었다.

"아니, 저기 나타난 용은 초식이지?"

"그런가요?"

어라?

"초식…… 맞지?"

바다에서 서식하는 수장룡은 그렇지 않지만 육지에서 서식하는 녀석은 초식이었을 것이다.

그렇게 생각하고 물었지만 오그에게서 돌아온 답변은 의외의 말이었다.

"그런가? 거기까지는 몰랐군."

"정말?"

"그보다 나는 용을 본 것도 오늘이 처음이다. 오히려 어떻게 그걸 아는 거지?"

"어? 그게……."

"아, 신 님. 혹시 용에 대해 조사하셨습니까?"

"아, 응. 그렇지 뭐."

아, 그렇구나. 희귀한 동물이라 볼 수 있는 기회도 흔치 않다.

그리고 지구에서는 화석으로만 볼 수 있는 만큼 과거의 로망으로 인기가 있었지만 실제로 존재하는 이쪽 세계라면 그렇게까지 인기가 없는 것도 당연하겠지.

뭔가 잘 오해해준 모양이라 조사해본 것으로 이야기를 맞췄다.

그러자 마리아는 내가 『어색하다』고 말한 이유를 알게 된 듯하다.

"아, 그렇구나. 초식 동물이 마물이 되어 육식으로 바뀌는 건 엄청나게 이상하니까."

동물이 마물이 되면 마력만으로 살 수 있게 된다.

그러나 가장 효율적으로 마력을 섭취할 수 있는 방법은 그것을 몸에 직접 넣는 것.

다시 말해 포식이다.

그렇게 되면 지금까지 초식이었던 동물도 마물이 되면 육식을 하게 된다.

초식이었던 동물이 고기를 원하는 모습은 기묘한 불길함이 존재하니 그 모습을 거북해하는 사람도 많다.

마리아도 그중 한 명인 듯하다.

그리고 초식룡은 육식룡에 비해 몸이 크다.

그 결과…….

"마물이 된 데다가 이렇게 크다니……."

그 거대함에 오그도 예상하지 못했다는 투로 말했다.

"이후에 마인이 없었다면 이게 최종 결전이었겠지."

앨리스가 말한 것처럼 이 녀석들을 쓰러뜨리면 사건이 해결되어도 이상한 일이 아니다.
그만한 마물이었다.
"상대하고 싶지 않네~."
"저도 그래요……."
유리와 올리비아는 노골적으로 싫은 표정을 했다.
"일단 마법을 쏘면 맞을 텐데, 통하기는 할까?"
"역시 베는 편이 좋으려나."
토니의 질문에 미란다가 답했다.
"용의 가죽은 최고급 방어구가 될 정도로 단단하다. 어중간한 마법으로는 쓰러뜨릴 수 없겠지. 하물며 마물이 되었잖아. 그러니……."
오그는 그렇게 말하며 나와 토니, 미란다를 보았다.
"바이브레이션 소드로 숨통을 끊어다오."
"알겠습니다."
"알았어."
"네, 넷!"
나와 토니와 다르게 미란다는 긴장하며 대답했다.
"왜 그래? 미란다."
"……용의 숨통을 끊으라는데 그렇게 침착할 수 있는 쪽이 이상한 거라고."
그런 말을 들은 나와 토니는 무심코 서로를 마주 보고 말았다.

"그러고 보니 딱히 긴장하지 않았네."

"하하하, 지금까지 잔뜩 아수라장을 경험했으니."

"이런 녀석들이 같은 나이라니…… 싫어……."

그렇게 말하며 울상이 된 미란다.

아무래도 적당히 힘이 빠진 듯하다.

"언제까지 놀고 있을 거지? 이쪽 준비는 끝났다."

오그가 마법으로 엄호할 준비가 끝났다고 말했다.

자, 그럼…….

"전투를 시작해볼까!"

오그에게서 바이브레이션 소드로 처리할 것을 부탁받은 우리 셋은 제트 부츠를 가동해 이야기의 흐름대로 마물을 향해 날았다.

나와 미란다는 바이브레이션 소드가 한 자루였지만 토니는 이도류였다.

"역시 그거 멋지다."

"신도 해볼래?"

나는 딱히 방패를 지닌 것이 아니라서 이도류도 가능하겠지만, 미셸 아저씨에게서 이도류를 배우지 못했다.

해본 적이 없는 것을 갑자기 실전에서 해보고 싶지는 않다.

그러나 분명 이도류는 멋졌다.

"으, 고민되네~."

"그게 지금 할 소리야?!"

그래서 어떻게 할지 고민하고 있으니 미란다가 항의했다.

"아, 미안. 집중할게."

"처음부터 그렇게 해!"

"그런데 말이지, 집중한다고 말은 했는데."

"응?"

내가 미란다에게 사과하자 토니가 어떤 말을 꺼냈다.

"이런 경우엔 보통 마법으로 선제공격하지 않아?"

""……""

"바보 같은 녀석! 갑자기 돌진하다니 무슨 생각이야?!"

토니의 지적으로 나와 미란다가 그 사실을 떠올린 직후, 뒤에서 오그의 질책하는 목소리가 날아들었다.

이런.

마법으로 마물의 움직임이 멈췄을 때를 검으로 노리는 것이 일반적인 방법이었지.

미란다와 마주 보았지만 안타깝게도 제트 부츠의 이동이 너무 빨라 이미 용의 근처까지 온 뒤였다.

""우오오오오!""

"어이쿠."

마법을 맞지 않아 마음껏 움직일 수 있는 용들은 당연히 우리를 공격하기 시작했다.

직전까지 깨닫지 못한 나와 미란다는 다급해했고, 미리 예측했던 토니는 여유롭게 돌진해온 폭군룡의 깨물기 공격을 피했다.

내 오른쪽에 토니, 왼쪽에 미란다가 있었기 때문에 나는 좌우로 도망칠 곳이 없어 상공으로 피했다.

"위험해라…… 어어어!"

폭군룡의 주둥이를 피해 안심했더니 그 뒤에 있던 수장룡이 나를 물어뜯으려 했다.

다시 제트 부츠를 기동해 간신히 수장룡의 공격을 피했다.

제길, 저 긴 목은 성가시네.

날아올라도 안전지대라 할 수 없다.

수장룡의 공격을 피해 착지하자 다시 오그의 질타가 날아들었다.

"이 어리석은 녀석! 마무리를 지으라고 했는데 선제공격하는 녀석이 어디에 있어!"

"미안! 그것보다 오그! 뒤에 있는 수장룡이 방해돼. 저 녀석부터 먼저 처리하고 싶은데!"

필살, 오그가 날린 분노의 화살을 어물쩍 막아내는 작전.

실제로 수장룡이 방해되는 것은 분명한 사실이니 거짓말을 한 것은 아니다.

"하아…… 그럼 수장룡부터 시작하자! 확실히 숨통을 끊어!"

다행이다. 어떻게든 어물쩍 넘어갈 수 있었던 모양이다.

그리고 오그는 재빨리 모두에게 지시를 내린 뒤 빠르게 마법 공격을 개시했다.

"그럼…… 쏴라!"

『네!』

오그가 지시한 마법이 수장룡만이 아니라 폭군룡과 갑옷룡, 각룡에게도 날아들었다.

마물이 되어 단단해진 용의 피부는 마법이 통하지 않는다.

그러나 모두의 마법은 이미 단독으로 재해급 마물을 쓰러뜨릴 정도의 힘이 있다.

그런 마법을 정통으로 맞으면 제아무리 마물이 된 용이라 해도 큰 충격을 받고 멈칫할 수밖에 없었다.

"기회다!"

그런 상황에서 나는 제일 먼저 수장룡을 처리하기 위해 제트 부츠를 기동해 날아들었지만, 역시나 최강의 용이라 불리는 상대다.

폭군룡이 마법의 충격으로부터 빠르게 회복해 나를 물어뜯으려 했다.

"신 군!"

"으앗!"

뒤에서 시실리의 비명이 들렸지만 간신히 공격을 피한 나는 그대로 폭군룡의 머리를 힘껏 밟았다.

"발판으로 삼았어?!"

토르가 소리치는 것이 들렸는데 지금이 기회다.

나는 폭군룡의 머리를 발판으로 삼아 그대로 수장룡을

향해 비상했다.

수장룡은 폭군룡 정도의 내구력은 없는지 상당한 충격을 받은 상태였다.

이대로 갈 수 있다!

"이야아아아압!"

힘껏 휘두른 바이브레이션 소드는 통나무 같은 수장룡의 목을 단칼에 벴고, 수장룡은 땅을 울리며 쓰러졌다.

나는 다시 제트 부츠를 사용해 지면으로 내려와 토니, 미란다와 나란히 섰다.

"대단하네."

"정말이지, 마물이 된 용을 이렇게 간단히 쓰러뜨리다니……."

함께 전선에서 검을 휘두르는 토니와 미란다는 솔직하게 칭찬해주었다.

그러나 뒤에서도 목소리가 들려온단 말이지.

"또 머리인가."

"정말이지 신 군은 목을 치는 걸 좋아한다니까!"

"확실해. 월포드 군은 마물의 처형인."

"마물의 처형인이라니?! 이 방법이 제일 효율적이잖아!"

오그, 앨리스, 린의 신랄한 비평에 항의할 수밖에 없었다.

그리고 저렇게 길고 두꺼운 목이 눈앞에 있다.

보통은 저길 노릴 수밖에 없잖아?

『GYAWAAAAAAA!』

"어이쿠."

동료? 가 당한 사실에 분노했는지 폭군룡을 시작으로 갑옷룡과 각룡도 포효하며 더욱 날뛰었다.

"흠, 마물에게도 동료 의식이 있는 건가?"

"글쎄? 모르겠네."

"그러니까 조금 더 긴장감을 가지라니까!"

토니와 나도 같은 점이 궁금해졌지만 미란다는 그런 걸 궁금해할 때가 아닌 모양이었다.

어쨌든 이번엔 포효로 충격을 받지 않은 것 같아 안심했다.

자, 미란다가 괜찮으니 남은 용을 처리하고 끝을 내볼까.

내 앞에는 폭군룡, 토니의 앞에는 갑옷룡, 그리고 미란다의 앞에는 각룡이 있었다.

"이걸로 한 사람당 한 명이네."

"그럼 이도류로 바꾼 진가를 보여줘야겠군."

"으으…… 그런 여유가 부럽다……."

어째서인지 미란다가 반쯤 울상이 됐지만 방금 움직임을 봤을 땐 괜찮을 것이다.

그럼…….

"자, 나머지도 정리해……."

"그러니까 돌진하지 마라!"

…….

그랬지!

"정말이지 너희는…… 마법으로 선제공격을 할 테니 얌전히 있어!"

"응."

"하하. 죄송합니다."

"시, 실례했습니다!"

방금과 같은 실수를 저지른 우리에게 오그의 질타가 날아들었다.

나와 토니는 익숙해졌지만 미란다는 무척이나 위축되어서는 사과했다.

"그렇게까지 사과하지 않아도 되는데."

"어째서?! 전하잖아?! 왕태자님이잖아?! 왜 그렇게 아무렇지도 않은 거야?!"

미란다에게 조금 더 긴장을 풀라고 말하니 화를 낸다.

왜냐고 물어도…….

"오그니까?"

"이제 싫어…… 위에 구멍이 생길 것 같아……."

"괜찮아? 시실리 양에게 치유 마법을 걸어달라고 할까?"

"왜 다들 같은 소리를 하는 거냐고!"

미란다도 우리와 제법 오래 알고 지냈으니 그런 내성도 생겼을 줄 알았는데 그렇지도 않은 듯하다.

"괜찮다니까. 오그는 그런 일로 화내지……."

『GYAWOOOOOO!』

"이런, 너무 내버려뒀네."

"화내잖아."

미란다를 달래려 하니 용들이 울부짖었다.

너무 오래 방치한 듯하다.

기다리다 지쳤는지 큰 소리로 포효한다.

"지금이다! 전원, 쏴라!"

『네!』

그 순간을 노렸을 것이다.

오그의 호령으로 마력을 모으던 모두가 일제히 마법을 쏘았다.

나와 토니를 제외한 얼티밋 매지션즈 열 명이 일제히 발사한 마법은 아까와 마찬가지로 폭군룡을 포함한 용들에게 큰 대미지를 주는 것에 성공했고, 용들의 움직임이 완벽히 멈췄다.

"좋아!"

그 모습을 본 나는 제트 부츠를 가동.

내 앞에 있는 폭군룡을 향해 뛰었다.

『GUWO!』

폭군룡이 다가오는 나를 경계했다.

그리고 나는 아까와 마찬가지로 폭군룡의 머리 위로 뛰는…… 시늉을 했다.

폭군룡은 아까의 내 움직임이 뇌리에 남아 있었을 것이다.

내 행동에 낚여 머리를 위로 들었다.

머리를 들어 생겨난 신체의 아래쪽 공간으로 제트 부츠를 기동해 돌진했다.

그러자 그곳엔 무방비한 폭군룡의 다리가 있었다.

"마물의 처형인이라는 소리를 계속 들을 수 없지!"

그런 폭군룡의 오른쪽 다리를 향해 바이브레이션 소드를 휘둘렀다.

그다지 두껍지 않은 폭군룡의 다리는 아무런 저항도 하지 못한 채 절단됐다.

『GYAAAA!』

다리가 절단되는 격통에 폭군룡이 비명을 지르며 날뛰었다.

이대로는 날뛰는 폭군룡에게 휘말릴 테니 다른 쪽 다리를 절단하며 신체의 아래에서 탈출했다.

몸을 지탱하는 것이 사라져 지면으로 쓰러진 폭군룡.

신체의 아래에서 탈출하는 도중이었던 내 눈앞에 쓰러진 폭군룡의…….

"아."

이런.

나도 모르게 반사적으로…….

"아…… 목을 베고 말았어……."

눈앞에 머리가 떨어지니 나도 모르게 베고 말았다고.

마지막은 마법으로 쓰러뜨리려고 했는데…….

뭐 용 마물 중에서는 제일 셀 것 같은 폭군룡을 쓰러뜨렸으니 됐다 치자.

그럼 다른 두 사람은…….

“오, 멋있어.”

토니는 좌우로 든 바이브레이션 소드를 흐르듯이 휘둘러 단단한 피부를 지닌 갑옷룡에게 확실한 대미지를 주었다.

갑옷룡의 네 다리 중에 두 개는 이미 사라진 뒤였다.

그리고 단단해 보이는 몸은 상처투성이였다.

“음, 두껍네.”

춤추듯 바이브레이션 소드를 휘두르던 토니는 일단 갑옷룡에게서 거리를 벌렸다.

딱히 고전하는 것은 아니지만 마무리를 짓기가 어려운 듯했다.

그런 토니는 잠시 생각에 잠긴 뒤 다시 검을 고쳐 쥐었다.

“어쩔 수 없지. 이걸로 갈까.”

토니는 그렇게 중얼거리고서 갑옷룡을 향해 제트 부츠를 기동했다.

그리고 갑옷룡의 눈앞에서 하늘로 뛰는가 싶더니 아래로 보이는 갑옷룡의 머리를 향해 바이브레이션 소드를 들고서 떨어졌다.

“여기라면 얇겠지?!”

그렇게 말한 토니는 갑옷룡의 정수리에 바이브레이션 소드를 찔렀다.

갑옷룡은 피부가 두꺼워서 신체와 목을 찔러도 치명상을 입지 않을 것이다.

반면 정수리에는 두꺼운 피부가 없었다.

두개골을 관통한 바이브레이션 소드는 그대로 갑옷룡의 뇌를 파괴했다.

크게 움찔한 갑옷룡은 그대로 쓰러져 침묵했다.

"오, 제법이잖아."

"하하, 살짝 고전했네."

토니는 갑옷룡의 몸을 상처투성이로 만든 것이 반성할 점이었던 듯하다.

그러나 내 눈에는 그렇게 보이지 않았다.

"역시 이도류는 멋지네."

"그래? 그런데 미란다 양은?"

"아, 그쪽도 문제없을 것 같아."

토니의 모습을 보며 미란다 쪽도 봤는데 각룡과의 거리를 재기 위해서인지, 긴장을 풀기 위해서인지 제트 부츠를 사용해 뿔 공격을 피하고 있었다.

"오오~."

"역시 현역은 움직임이 다르군."

나와 토니는 스스로 실력이 녹슬지 않도록 주의했지만 현역에서 검술 수행을 한 미란다와는 몸놀림 측면에서 상당한 차이가 있는 듯했다.

"우리는 마법 학원이니까."

"어쩔 수 없는 건지도 모르지만 조금 분해."

그런 식으로 자기변호를 하고 있을 때, 지금까지 피하기에 중점을 뒀던 미란다의 움직임이 달라졌다.

"아, 끝낼 생각이야."

토니의 말대로 미란다는 제트 부츠를 기동해 표적을 놓친 돌진으로 중심을 잃은 각룡의 품속으로 날아들었다.

그리고 심장이 있을 것으로 여겨지는 위치에 바이브레이션 소드를 찌른 뒤 피가 뿜어져 나오기도 전에 빠르게 그 자리를 이탈.

검이 정확하게 심장을 꿰뚫었는지 대량의 피를 뿜은 각룡은 그대로 숨이 멎었다.

오…… 그러고 보니 미란다가 싸우는 모습을 가까이서 본 건 처음인데, 멋있다.

"후우."

전투를 끝내고 한숨 돌린 미란다와 합류해 다른 아이들에게로 돌아갔다.

그러니 예상대로…….

"월포드 군은 역시 마물의 처형인."

"큭! 역시 그런 소리를……."

린에게서 마물의 처형인 칭호를 인정받고 말았다.

"토니는 의외로 잔인하네. 뇌를 찌르다니……."

"아니, 어쩔 수 없었어. 피부가 두꺼웠거든."

미리아의 평가에 토니가 다급히 변명했다.

그런 건 실제로 해보지 않으면 모르는 법이니까.

그런 상황에서 가장 많은 칭찬을 들은 것은 미란다였다.

"굉장해, 미란다!"

"멋졌어요, 미란다 양!"

"저기! 이렇게, 훌쩍 피하고서 푹 찌르는 거 멋졌어!"

시실리, 올리비아, 앨리스의 칭찬을 받은 미란다는 멋쩍은 듯했다.

"아, 아니. 그건 기사라면 당연히 할 수 있는 거니까."

"그렇지 않아~."

겸손한 미란다에게 유리가 말을 걸었다.

뭐랄까, 여자들이 호의를 보내는 것이 대부분이었다.

이건…….

그런 미란다를 보던 내 어깨를 마리아가 『덥석!』 붙들었다.

"신…… 그거 미란다는 엄청 신경 쓰고 있으니까 말하지 말아줘."

"그, 그래……."

그러고 보니 마리아도 여자 후배들이 잘 따랐지.

그런 점에서 동질감을 느끼는 걸지도 모르겠다.

"……지금 짜증나는 생각했지?"

"아, 아닌데?"

그런 대화를 나눌 때였다.

『정말이지, 이런 말도 안 되는 녀석들을 상대해야 한다니.』

우리 이외에 사람은 아무도 없을 이곳에 우리가 아닌 사람의 목소리가 들렸다.

"이 목소리는!"

"설마?!"

그렇게 생각해 색적 마법을 사용하니.

"마인……."

마도 성벽 위에 마인 몇 명이 서 있었다.

제2장

마인과의 싸움

"너, 너희는!"

우리의 앞에 모습을 드러낸 마인을 본 나는 단번에 흥분했다.

전에 이 마인들에게 자칫 잘못됐으면 시실리가 살해될 뻔했었다.

그 일이 떠올라 내 감정은 분노에 지배되어…….

"침착해라, 신."

"아얏!"

분노에 떠밀려 마인들에게 달려들려고 할 참에 오그가 머리를 손날로 때렸다.

"뭐하는 거야?!"

갑자기 머리를 맞아 항의하자 이번엔 그대로 헤드록을 건 오그가 작은 목소리로 말을 걸었다.

"됐으니까 침착해. 분노에 몸을 맡겨 섬멸해버리면 녀석들의 인원수와 목적을 알아낼 수 없어."

"뭐야, 여기까지 와서 그런 걸 신경 써봤자 소용없잖아."

나도 오그에게 맞춰 작은 목소리로 답했다.

"무슨 소리야! 인원수를 파악해두지 않으면 전처럼 놓치는 녀석이 있을지도 모르잖아!"

음…… 그건 그러네.

저번엔 그걸로 애를 먹었으니까.

"너는 뒤에서 얌전히 있어라."

"알았어."

간신히 헤드록에서 해방된 나는 오그의 지시대로 뒤로 물러났다.

"전하의 헤드록은 처음 봤습니다."

"정말 그러하오."

내 곁에 있던 토르와 율리우스가 말을 걸었다.

"흠, 너희는 당한 적이……."

그때 나는 율리우스가 철제 건틀릿을 찬 것을 깨달았다.

"율리우스, 그거……."

"음? 아, 소인은 신 님이나 토니 님 정도로 검술이 뛰어나지 않으니 말이오. 특기인 신체 강화로 직접 때릴까 생각했소."

아, 마리아와 미란다와 마찬가지로 마법과 근접 전투로 싸울 생각이었구나.

그러나 미란다의 무기는 마도구인 바이브레이션 소드다.

율리우스의 건틀릿에는 아무것도 부여하지 않았다.

그렇구나, 때릴 거구나.

"율리우스. 건틀릿을 몸 뒤로 숨기듯 뒷짐을 지어봐."

"음? 이렇게 말이오?"

"응."

율리우스가 뒷짐을 짓자 옆에서는『열중쉬어』자세로 선 것처럼 보였다.

그리고 건틀릿이 몸 뒤로 가려졌다.

나는 마인들이 오그와 이야기하며 정신이 팔린 틈을 노려 율리우스의 건틀릿에 어떤 마법을 부여했다.

부여가 끝난 뒤 살짝 마인들을 봤지만 이쪽 행동을 알아차린 것 같지 않았다.

다행이네.

"……신 님. 대체 무슨 마법을 부여하였소?"

"아, 그건 말이지……."

그렇게 내가 율리우스의 건틀릿에 부여한 내용을 설명하는 도중에도 마인은 오그와 이야기했다.

"상당히 정중한 마중이로군. 설마 희소한 용을 마물로 만들어 공격하게 할 줄이야."

오그는 두 팔을 벌려 마인들에게 그렇게 말했다.

마인이 화난 것이 훤히 보였다.

"하지만 과거에 한 번, 용이 마물이 된 일이 있다고 들었다만 소문 정도는 아니더군. 아…… 마물로 만든 자의 역량이 대단하지 않은 탓인가."

오그가 그렇게 말하자 마인의 마력이 단번에 부풀어 올랐다.

……역시 오그야.

상대를 부추기는 일이라면 천하제일이다.

"이 자식…… 슈투름 님을 모욕하는 건가!"

"흠. 사실을 말했을 뿐이다만. 마인 주제에 충성심이 상당하군."

"당연하지! 슈투름 님은 박해받던 우리를 구해주신 은인이시다!"

"마인이…… 마물이 되어서도?"

"우리가 바란 일이다! 네놈이 참견할 일이 아니야!"

"스스로 원했다고…… 정말이지, 구제할 길이 없군."

오그가 황당한 듯이 한숨을 쉬었지만 마인은 어째서인지 씩 웃었다.

"아니, 구원받았다. 제국에 착취당하며 혹사당할 뿐이었던 우리를 거둬주시고 구해주셨지."

"그래! 슈투름 님은 우리를 지옥과 같은 날에서 해방해주셨다!"

"게다가 증오스러운 제국을 쓰러뜨릴 힘까지 주셨지!"

"네놈들처럼 온실에서 자란 애송이들은 모르겠지만 말이야!"

주변 마인들도 오그에게 소리치기 시작했다.

상당히 흥분했다.

그 외침을 들은 오그는 눈썹 하나 까딱하지 않고 받아들이고서는 태연하게 대답했다.

"전혀 모르겠군. 너희를 학대한 것은 황제와 귀족들이겠지. 복수할 거라면 그 자들에게만 하는 것이 도리다. 어째서 같은 입장이었을 평민까지 학살했지?"

오그의 그 말에 마인들은 입을 다물었다.

"그 사실만으로도 너희에게 동정의 여지는 없다. 너희는 그저 피에 굶주린 마물이다!"

그렇게 살짝 거칠게 말한 뒤, 마인들을 깔보듯 웃으며 다시 부추겼다.

"당연히 너희를 만든 슈투름도 마찬가지겠지."

……솔직히 누가 악당인지 알 수 없을 말이네.

그러나 효과는 발군이었다.

오그가 그렇게 말한 뒤 잠잠해졌던 마력이 단번에 부풀어 올랐다.

"이, 이 자식……!"

마인의 눈에 핏발이 섰다.

상당히 화가 난 듯하다.

"고작 몇 명의 인원으로 세계에 전쟁을 걸었다. 머리도 상당히 나쁘겠지. 그게 아니면 뭐지? 원군이라도 있나?"

"웃기지 마라! 우리와 간부뿐이다! 세계를 멸망시키는 일에 타인의 힘을 빌리겠나!"

말했다.

마인의 수는 여기에 있는 자와 간부, 그리고 슈투름일 것이다.

간부가 몇 명인지는 모르겠지만 일단 일반 마인은 여기에 있는 자들이 전부라는 건가.

수는…… 삼십에서 사십 정도.

그리고 이 녀석들의 목적은 역시 세계 정복이 아니라 세계 멸망.

어째서 그런 생각을 했는지는 모르겠지만 실제로 실행하려 한다.

그렇다면…….

"흥. 그 말을 들었으니 충분하군."

마인을 잔뜩 부추긴 오그는 그렇게 말하며 자신도 마력을 모았다.

"그럼 끝을 내보지. 너희가 경애해 마지않는 슈투름이 말한……."

오그는 다시 씩 웃으며 말했다.

"게임 스타트다."

뭐랄까…….

오그가 주인공 같잖아!

"꼬맹이 주제에…… 입만 살아서는……."

"입만 살았다고? 이상한 소리군. 이것이 게임이라고 한 것은 너희였을 텐데?"

"크, 크으으으……."

"여긴 제도…… 아니, 마도의 성문. 이곳을 지키는 너희를 쓰러뜨리고 나아간다. 간단한 게임이지!"

오그는 그렇게 말한 뒤 성문을 향해 특대형 화염 마법을 발사했다.

"큭!"

그 위력에 성벽 위에 있던 마인들이 물러났다.

그 결과 마법은 커다란 소리를 내며 성문에 작렬.

성문이 말끔히 날아가 버렸다.

"서, 성문이!"

"흠. 이걸로 우리가 유리해졌군."

"뭐야?!"

지상으로 내려온 마인들이 날아간 성문을 보고 놀랐지만, 오그의 말에 이쪽을 돌아보았다.

"우리는 구태여 너희와 싸우지 않더라도 성문을 지나가기만 하면 된다. 반면 너희는 우리를 한 명도 보내선 안되지. 상당히 불리하지 않은가."

뭐, 그 말이 맞긴 해.

우리는 한 명이라도 성문을 빠져나가…… 최악의 경우 나 혼자서라도 슈투름에게 도달하면 이 게임에서 반쯤 승리한다.

그에 비해 마인들은 우리를 절대로 보내선 안된다.

이건 마인들에게 상당히 불리한 상황이다.

그리고 이것에는 또 다른 효과도 있다.

"이걸로 마인들은 성벽 앞에 모이겠지. 포위되지 않을 거다."
"역시 그거까지 노렸구나."
"그래."
마인들에게 들리지 않도록 작은 목소리로 말한 오그.
확실히 우리가 열세 명인 것에 대해 상대는 서른 명 정도.
포위되면 성가셔지니까.
"젠장! 놈들을 절대로 보내지 마라! 슈투름 님과 제스트 대장님의 신뢰에 보답한다!"
『오오!』
예상대로 마인들은 성문 앞에 모여 절대로 우리를 보내지 않겠다는 각오였다.
오그가 의도한 대로 됐네.
"자, 그럼……."
줄곧 이 자리의 주도권을 쥐고 있던 오그가 두 손에 마력을 모으기 시작했다.
"전투 개시다!"
오그는 그렇게 말하며 제일 먼저 마인을 향해 돌격했다.
"우리도 가자!"
"그, 그래!"
돌격하는 오그를 따라서 마리아와 미란다도 둘이 함께 돌격했다.
"저희도 가죠!"

"알겠소!"

그 뒤를 이어 토르와 율리우스 콤비.

"방금 일로 몸도 따뜻해졌으니 나도 가야지!"

"나도 갈 거야~!"

"저도 가겠습다!"

"나, 나도!"

그리고 솔로 예정인 토니, 유리, 마크와 모두를 서포트할 예정인 올리비아도 뒤를 이었다.

나와 시실리는 돌격하는 아이들을 보며 움직이지 않았다.

사전에 이야기해둔 것처럼 나는 치유 마법 담당인 시실리를 지켜야 하기 때문이다.

시실리 곁에서 마인들에게 돌진하는 모두를 지켜보고 있으니…….

"후후."

"왜 그래?"

내 옆에서 시실리가 웃었다.

"아니요. 신 군은 모두를 신뢰하고 있구나 싶어서요."

……그러고 보니 작년 여름에 그런 이야기를 했던 기억이 있다.

시실리는 나 혼자서 모두를 짊어지지 않아도 된다고 말했었지.

"그래, 신뢰하고 있어. 그리고……."

"네?"

"시실리의 치유 마법도."

"신 군……."

"전투복의 부여 마법은 강력하지만 무적은 아니야. 기습이나 카운터에는 약해. 이렇게 많은 마인을 상대하면 생각지도 못한 부상을 입을지도 몰라. 그때는 시실리, 잘 부탁해."

내가 그렇게 말하자 시실리는 잠시 기쁜 표정을 한 뒤 다부진 얼굴을 했다.

"여, 열심히 할게요!"

"응."

그럼 나는 모두를 엄호, 시실리는 엄호와 치유를 위해 이 자리에 남아 전황을 지켜보았다.

그 시선의 끝에는.

"큐티 레드!"

"큐티 블루."

""큐티 트윈!""

"자, 장난치는 거냐?!"

"""……."""

진짜 웃기는 장면이 보이잖아.

전투 중에 무슨 짓이냐고?!

◆

아우구스트가 먼저 마법을 사용한 뒤, 제일 먼저 돌진한 것은 마리아와 미란다 콤비였다.

“자, 미란다! 특훈의 성과를 보여주자!”

“가, 갑자기 마인을 상대하는 건 불안하지만…… 하겠어!”

“미란다는 아까 워밍업했잖아. 할 수 있어!”

“으, 응!”

은근히 필사적인 미란다와는 달리, 마리아는 조금 태평해 보였다.

마리아의 그런 태도는 미란다의 실력을 믿고 있기 때문.

모두가 결전을 위해 노력하는 동안 마리아도 미란다와 연계하며 결전에 참여하기로 정하고 훈련을 위해 마물을 토벌했다.

그 훈련이라는 명목으로 쓰러뜨린 마물은…….

“재해급 마물보다 강하다지만 그 야성의 공포에 비교하면 아무것도 아니지!”

슈투름의 동물 실험으로 늘어난 재해급 마물뿐이었다.

처음에는 무리라며 거절했던 미란다도 억지로 마리아에게 끌려다닌 결과, 둘이서 재해급 마물을 토벌할 수 있게 됐다.

그 요인으로는 신에게서 바이브레이션 소드를 받은 것, 그리고 미셸에게서 훈련을 받은 것을 꼽을 수 있다.

연말에 있었던 신의 생일 파티 이후 줄곧 미셸과 훈련했던 미란다는 2학년이 되며 드디어 수석의 자리를 거머쥐었다.

그 결과 기사 학원 수석의 검술을 지니면서 바이브레이션 소드를 다루는, 지금의 알스하이드 왕국의 전위에서도 최강에 가까운 힘을 지니게 됐다.

그러나 그런 미란다라 해도 혼자서 전투 훈련을 받은 마인을 상대하는 것은 버겁다.

그렇기에 마리아와 연계하게 되었다.

"자, 그럼 나부터 간다!"

미란다가 마인에게 달려가는 동안, 마리아는 도중에 멈추고서 마인을 향해 불 마법을 발사했다.

"크윽!"

마법이 떨어지며 커다란 폭발음이 울렸지만 마인들도 마력 장벽을 펼쳐 그 마법을 막아냈다.

사람이었을 때부터 마법을 쓸 수 있었던 마인들이니 마리아의 마법을 완벽하게 막아냈다.

그러나 마리아가 사용한 마법은 불 마법.

상대에게 주는 것은 충격만이 아니다.

"큭……."

"이만한 열량이라니!"

마법이라는 마력 공격은 막을 수 있는 마력 장벽이지만, 그 여파인 열기까지는 막을 수 없다.

전해지는 열량에 마인들의 표정이 일그러졌다.

"하지만……."

"완벽히 막았다! 이번엔 우리 차례다!"

힘겹게 마리아의 마법을 막은 마인들이 이제 자신들의 차례라며 공격 준비를 하려던 때.

"늦었어!"

마인들은 마리아의 화려한 공격에만 시선이 집중되어 먼저 돌진했던 미란다의 움직임을 놓쳤다.

그 결과.

"뭐?!"

"빠, 빨라……."

"야아아아앗!"

제트 부츠의 고속 기동으로 마인에게 접근한 미란다는 검을 빠르게 두 번 그었다.

검을 휘두르는 속도를 중시했기에 일반적인 검이라면 상대에게 치명상을 줄 수 없는 공격.

그러나 미란다가 휘두른 것은 바이브레이션 소드다.

"마, 말도 안 돼……."

"크헉!"

가볍게 휘두른 검에 몸이 두 동강으로 절단된 마인들은 믿을 수 없다는 표정으로 목숨을 잃었다.

"이 자식!"

"잘도!"

아군이 당한 마인들은 일제히 미란다에게 마법을 쏘았지만, 방금까지 거기에 있었던 미란다는 이미 사라진 뒤였다.

그것은 당연히 공격 후 이탈이라는 이유도 있었지만…….

"야! 너무 뜨겁잖아! 피부가 다 그을렸어!"

마리아가 사용한 불 마법의 여파를 견딜 수 없었다는 것이 미란다의 속내였다.

"알았어! 그럼 뜨겁지만 않으면 되지?!"

미란다의 항의를 받은 마리아는 뜨겁지 않은 마법을 선택했다.

"이건…… 어때!"

마리아가 선택한 것은 바람…… 아니, 소용돌이 마법.

거친 소용돌이가 마인들을 습격했다.

"크…… 얕보지 마라! 고작 이런 소용돌이 따위로……."

마리아가 사용한 소용돌이 마법은 상대를 날려버리는 관점으로 볼 때는 상당히 강력한 마법이었다.

그러나 바꿔 말하면 그것은 상대를 날려버리기만 할 뿐 쓰러뜨리는 마법이라 할 수 없었다.

그러나 마리아가 사용한 마법은 그것만이 아니었다.

"윽! 뭐, 뭐지?!"

"돌멩이?! 젠장! 치사하게!"

마리아는 거친 소용돌이와 함께 돌멩이를 섞어 마인들을

공격한 것이다.

"젠장! 마력 장벽으로는 돌멩이까지는 막을 수 없어!"

"원형이다! 원형으로 진을 짜서 물리 장벽으로 전환해!"

고작 돌멩이라고 얕봐서는 안 된다.

소용돌이로 빠르게 휘날리는 돌멩이는 탄환이나 마찬가지였다.

돌멩이는 무시무시한 기세로 마인들을 공격했다.

그것을 필사적으로 막는 마인들.

그리고 그것을 멍하니 바라보는 미란다.

"뭐하는 거야, 미란다! 빨리 돌진해야지!"

"저런 데에 어떻게 돌진하라고, 이 바보가!"

눈앞에서 펼쳐진 광경은 마인들조차 방어하기 급급한 소용돌이.

그런 곳에 돌진했다간 자신도 어떤 피해를 당할지 알 수 없다.

미란다도 방어용 도구는 지니고 있다.

그러나 애초에 바이브레이션 소드라는 마도구를 기동하며 검을 휘두르는 것만으로도 굉장한 일이다.

마도구를 동시에 기동하는 것은 상당히 어려운 일이다.

그 결과 미란다는 소용돌이가 잠잠해질 때까지 기다릴 수밖에 없었다.

"미란다!"

"……?!"

"이 애송이들이!"

그러나 지금 이곳은 전장의 한복판.

소용돌이에 휘말리지 않은 마인들이 그 빈틈을 노리고 공격해왔다.

마리아의 경고로 자신이 표적이 된 사실을 깨달은 미란다는 제트 부츠를 기동해 고속 이동, 마인의 공격을 회피했다.

"에잇, 잽싸기는!"

"그래봐야 마도구라고 얕보고 말았군…… 설마 이렇게 성가실 줄은……."

마인들도 그저 손가락만 빨면서 신 일행이 오기를 기다린 것은 아니다.

제국의 첩보 부대였던 만큼 신 일행이 지닌 마도구 등의 정보를 사전에 모아두었다.

그러나 조사하는 것과 실제로 상대하는 것은 다르다.

지금까지 경험해보지 않은 속도로 눈앞을 이동하면 거리 예측을 실수하게 된다.

"휴, 위험해라……."

마인의 마법을 피한 마린다가 마리아의 옆까지 물러났다.

"방심하면 안되지."

"네가 평소와 다른 행동을 하니까 그렇지!"

"상대는 마인이야! 평소보다 강력한 마법을 쓰지 않으면 의미가 없잖아!"

"그건 그렇지만! 그럼 연습했던 의미도 없잖아!"

"넌 기사잖아?! 근성으로 해결하라고!"

"억지 부리지 마!"

전투 중인데도 티격태격하는 두 사람.

그 광경을 씁쓸하게 바라보는 마인들.

뭐라고 말하고 싶지만 실제로 농락당한 쪽은 자신들.

저런 애송이에게…….

그런 마음이 마인들의 분노를 증폭시켰다.

"아, 소용돌이가 사라진다."

마리아의 지적으로 소용돌이를 본 미란다.

그 소용돌이가 사라지고 남겨진 것은.

"하아, 하아……."

"이, 이 자식들……."

말 그대로 만신창이가 된 마인들.

"진짜 끈질기네……."

큰 피해를 당했지만, 아직 쓰러지지는 않았다.

그러나 마법으로 대미지를 준 후에 마무리하는 역할인 미란다가 마인들을 향해 돌진했다.

"얕보지 마라! 이 꼬맹이들이!"

돌진하는 미란다를 마법으로 막으려 하는 마인.

그러나.

"흡!"

"뭐?!"

마인이 발사한 마법은 장벽이 아닌 마리아가 발사한 마법으로 상쇄됐다.

"마법을 마법으로 요격했어?!"

"말도 안 돼!"

마인들은 그 충격적인 광경에 자신도 모르게 시선을 빼앗겼다.

그러나 그러는 사이에도 미란다는 멈추지 않았다.

"……이런!"

"하앗!"

힘없이 비틀거리는 마인에게 바이브레이션 소드를 휘두를 뿐.

고작 그것만으로 마인 여럿을 토벌한 미란다는 다시 제트부츠로 이탈해 마리아와 나란히 섰다.

"어라? 전에 싸웠던 마인이 고작 이 정도였던가?"

저번에는 마무리를 지을 수 없어 교착 상태에 빠졌던 마리아가 이번에는 이렇게 간단히 마인을 토벌할 수 있었던 것에 고개를 갸웃했다.

"고작이라니…… 나는 꽤 아슬아슬해. 방심하면 바로 당할 것 같아."

이번에 마인과 처음 싸운 미란다는 아직 긴장한 채로 마인들과 마주했다.

그런 미란다를 보고서 마리아는 이해했다.

"아, 미란다가 있기 때문이구나."

"응?"

"아니, 네가 있는 것만으로 이렇게나 달라지는구나 싶어서."

"무, 무슨 말이야……."

갑자기 칭찬받은 미란다는 부끄러워졌다.

그런 전장에 어울리지 않는 대화를 나누는 두 사람을 보고서 마인 한 명이 중얼거렸다.

"……이 괴물들이."

작은 속삭임이었지만 그 말은 두 사람에게 확실히 닿았다.

""……누.""

부들부들 떨며 마력을 모으는 마리아와 검을 고쳐 쥐는 미란다.

그리고.

""누굴 보고 괴물이라는 거야!""

분노한 마리아가 발사한 마법은 마인의 마력 장벽을 부수었고 단독으로 마인에게 파고든 미란다는 그대로 마인을 베었다.

결과적으로 연계하는 의미가 별로 없는 두 사람.

제일 먼저 뛰쳐나가 검과 마법의 연계로 계속해서 마인을 쓰러뜨린 마리아와 미란다를 토르와 율리우스가 쓴웃음을 지으며 바라보았다.

“정말이지 우리 여성진은 호전적인 분이 많군요.”

“뭐, 이런 상황에서는 그런 편이 좋지 아니하오. 그리고 전법이 유효한 것도 확인해주었소이다.”

“그러고 보니 아까 신 님이 부여한 건 뭐였나요?”

“아, 그건…….”

율리우스가 토르의 질문에 대답하려 할 때 두 사람을 향해 강력한 마법이 날아들었다.

““……!””

재빨리 마력 장벽을 전개해 그 마법을 막은 토르와 율리우스.

간신히 막았지만 두 사람은 그 위력에 식은땀을 흘렸다.

“……신 님이 간단히 토벌하니 착각하기 쉽지만…….”

“큭! 역시 훈련받은 마인은 뭔가 다르외다.”

두 사람은 그렇게 말한 뒤 마법이 날아온 방향을 보았다.

전방에는 대량의 마인이 있었고, 그 안에서 몇몇이 자신들을 보고 있는 것을 발견했다.

“전투 중에 주절주절 떠들다니…… 이 자식들, 우리를 뭐로 보고!”

이쪽으로 마법을 발사한 것으로 보이는 마인이 찡그린 표정으로 그렇게 소리쳤다.

그럴 의도는 없었다지만 결과적으로 전투 중에 대화를 나눈 것은 사실이니 토르와 율리우스는 다시 집중했다.

"정말이지 복잡한 심경이군요. 마인인 당신에게 정론을 지적당할 줄이야."

"역시 지금까지 만났던 마인과는 다르오."

"쳇! 그런 덜떨어진 놈들과 비교하지 말라고!"

율리우스의 말에 기분이 상했는지 마인이 다시 마법을 쏘았다.

이번엔 마력 장벽을 펼치지 않고 제트 부츠의 고속 이동으로 마법을 피한 토르는 그대로 마인을 향해 바람 칼날 마법을 발사했다.

"쳇!"

장벽으로 방어하리라 생각했던 마인은 공격을 피하며 마법을 발사한 토르의 행동에 깜짝 놀라며 재빨리 마력 장벽으로 방어했다.

"크윽……! 애송이 주제에 이런 위력의 마법을!"

예상하지 않은 상태에서 막은 탓인지 마인은 토르의 마법에 밀린 듯했다.

그때.

"잡았소이다!"

"뭐?!"

토르와 마찬가지로 제트 부츠로 마법을 피했던 율리우스가 마력 장벽을 전개한 마인의 옆에서 파고들었다.

"이런……!"

"으아아아!"

율리우스는 소리침과 동시에 신의 손으로 마도구가 된 건틀릿을 기동하며 주먹을 휘둘렀다.

그리고 율리우스의 주먹은 마인의 몸을 가격한 직후…….

커다란 폭발을 일으켰다.

"……어?"

"……무슨……."

갑작스러운 상황에 이 사태를 일으킨 율리우스조차 몸이 굳어버렸고, 토르는 입을 벌린 채 멍하니 바라보았다.

그리고 날아간 마인은…….

"……저러고도 살아 있을 리가 없겠소……."

율리우스의 시선 끝에는 하반신밖에 남지 않은 마인의 몸이 있었다.

율리우스는 그 전과를 확인한 후 제트 부츠를 기동해 토르의 곁으로 돌아갔다.

"그, 그건 뭐죠?! 때린 상대가 폭발했잖아요!"

"아니…… 신 님에게서는 때릴 때의 위력이 오른다고만 들었소."

"위력이…… 지나친데……."

"아마도 이것은 신 님의 지향성 폭발 마법일 것이오. 기동하는 것만으로는 발동하지 않고, 충격이 올 때만 발동하는

모양이오."

"……정말이지 천재의 생각을 이해할 수 없군요."

"동감이올시다. 그러나 강력한 무기를 얻은 것도 사실. 우리도 마음껏 싸웁시다!"

"네, 그렇게 하죠!"

그렇게 이번엔 먼저 공격에 나서는 토르와 율리우스.

갑작스러운 상황에 멍해졌던 마인들은 돌진해오는 두 사람을 보고서 다급히 요격할 준비를 했다.

"큭! 이 괴물들이!"

"서운하군요! 괴물에게 괴물 소리를 들을 줄이야!"

토르는 그렇게 말하며 마인을 향해 불 마법을 쏘았다.

그것을 마력 장벽으로 막으면 아까와 같은 상황이 벌어진다고 판단한 마인은 회피를 선택했다.

"큭! 이 마법의 위력! 영문을 알 수 없는 마도구! 우리보다 너희가 더 괴물 집단이잖아!"

"아직도 그런 소리를!"

서로 마법을 쏘며 말다툼하는 두 사람.

율리우스는 그 마법 사이로 끼어들지 못하고 있었다.

그러나 아까 자신의 공격이 마인의 유효타가 될 수 있다는 것을 확인했기에 어떻게든 공격 기회를 엿보았다.

전장에서 멍하니 서있으면 마인들의 표적이 되기 쉬우니 제트 부츠로 계속 이동하며 두 사람의 말다툼을 지켜보고 있었다.

한편 말다툼하며 마법을 발사하던 토르와 마인은 이야기의 내용이 바뀌었다.

"당신이야말로 원래는 군인이었으면서 마인이 됐지 않습니까. 생각 없이 행동한 평민들과는 다릅니다! 어째서 슈투름을 따르는 겁니까?!"

"흥! 전제부터가 다르다, 꼬마야!"

"전제?"

"우리는 슈투름 님을 따랐기에 마인이 됐지! 마인이 되었기에 슈투름 님을 따르는 게 아니야!"

"그렇다 해도! 이런 명령을 내리는 슈투름에게 반감을 품지 않았습니까?! 이래선 당신들에게 죽으라고 명령한 것이나 마찬가지가 아닙니까!"

"상관없다! 슈투름 님께서 우리를 구해주셨다! 죽으라고 하면 죽을 것이다!"

"……정신 나갔군요."

"아, 그래! 우리는 마인이다! 전부 정신 나갔지! 자, 이제 수다는 그만하고 빨리 끝을 내지!"

그렇게 말하며 마법을 발사하려던 마인.

그러나 다음 순간 마인의 발밑이 갑자기 폭발했다.

"큭! 뭐, 뭐지?!"

갑작스러운 일에 마인의 움직임이 잠시 멈췄다.

바로 그때.

"토르! 지금이올시다!"

"네!"

율리우스의 외침을 들은 토르는 마인을 향해 특대 불 마법을 발사했다.

"뭐…… 크아아아악!"

갑자기 발밑이 무너져 방어하거나 회피할 수 없었던 마인이 토르의 마법에 휩싸였다.

"율리우스, 살았습니다."

"별것 아니오."

"그 건틀릿으로 지면을 때린 겁니까?"

"그렇소. 이걸로 전술의 폭이 넓어졌소이다."

"그렇군요."

토르는 그렇게 말하고 잠시 침묵한 뒤 다시 입을 열었다.

"솔직히 슈투름의 명령으로 목숨을 버리려는 그들을 조금 동정하는 마음이 있었던 것도 사실입니다. 하지만 방금 그 말로 떨쳐냈습니다."

그리고 마인들을 바라보았다.

"저들은 제정신이 아닙니다. 슈투름을 위해 목숨을 버리는 것을 기뻐하는 면까지 있어요. 여기서……."

토르는 그렇게 말하고 마력을 모으기 시작했다.

"여기서 전원 처리하겠습니다!"

"오오!"

토르답지 않게 섬멸 선언을 한 뒤 강력한 마법을 발사했다.

율리우스도 토르에게 동조해 소리치며 마인들에게 돌격했다.

전투는 더욱 격렬해졌다.

마리아와 미란다, 토르와 율리우스가 페어로 전투하고 있는 것에 반해 마크는 솔로로 마인을 상대했다.

"으랴아아아!"

기합과 함께 스스로 고안한 마법검을 힘껏 휘두르는 마크.

그러나 마크는 어디까지나 대장장이의 아들.

어렸을 적부터 기사인 아버지에게 검술을 배운 토니에 비하면 아무래도 검술이 떨어진다.

그것을 보완하기 위해 마법검을 사용하는 것이지만 지금의 상대는 제국의 첩보 부대였던 마인.

첩보가 주요 활동이었다지만 전투 훈련을 받지 않았을 리가 없으니 마크의 검은 허공만을 베었다.

"쳇!"

"어이쿠, 위험해라! 위험한 물건 휘두르지 말라고!"

자신도 모르게 혀를 찬 마크의 검을 피한 마인은 약간 놀라며 투덜거리고는 곧바로 반격에 나섰다.

"이 애송이가! 프로를 얕보지 마라!"

"큭!"

마인은 그대로 마법을 사용했지만, 그것을 방어용 액세서리와 전투복에 부여된 방어 마법으로 간신히 버틴 마크.

"쳇! 또 그거냐! 진짜 성가신 마도구나 갖고 있기는!"

마인이 그렇게 거칠게 말하자 마크도 분한 듯이 말했다.

"제길! 이대로는 예전과 똑같아!"

그런 마크의 말을 싸우던 마인이 듣고서 히죽였다.

"뭐? 예전과 똑같다고? 무슨 말이냐. 전과는 전혀 다르잖아? 이쪽의 수가 말이야!"

"앗?!"

지난번 마인과 대전했을 때는 지금보다 더 수가 적었기 때문에 거의 일대일 전투를 벌였다.

그러나 이번엔 압도적으로 마인 쪽의 수가 많았다.

일대일이라면 비등하겠지만 이번엔 그렇지 않았다.

"이런……."

"늦다고! 죽어라! 꼬맹이!"

뒤에서 새로운 마인이 나타나 마크를 향해 마법을 쏘려 했다.

마크는 갑작스러운 상황에 아직 방어 마도구를 기동하지 못하고 있었다.

"잡았…… 커헉!"

"……?!"

이제 틀렸다고 생각했을 때, 기습하던 마인이 반대로 기습을 당해 날아갔다.

그러나 마법의 위력이 약했는지 날아간 마인은 치명상에 이르지 않고 아직 살아 있었다.

그 사실을 깨달은 마크는 이 기회를 놓칠 수 없다는 듯이 다시 마법검에 마력을 보내 불의 검을 마인에게 힘껏 휘둘렀다.

"큭…… 빌어……먹을……."

간신히 얼티밋 매지션즈의 한 명을 쓰러뜨렸다고 생각했는데 오히려 마크의 마법검에 당한 마인은 분한 듯이 중얼거리며 절명.

"뭐?! 누, 누구냐?!"

마크와 처음에 싸우던 마인도 놀라며 마법이 날아든 방향을 보았다.

거기에는.

"올리비아!"

"마크! 괜찮아?!"

"응! 최고의 엄호였어!"

단독으로 전장을 돌아다니며 모두를 돕던 올리비아가 있었다.

올리비아는 자신의 공격 마법의 위력으로는 마인을 쓰러뜨리기 어렵다고 판단해 평소에 바쁜 가게 플로어를 뛰어다니던 경험을 살려 전장에서 불리해진 곳으로 가서 엄호하기로 했다.

그리고 뒤에서 기습당한 마크에게 달려가 반대로 기습을 걸었다.

그러나 아무리 마크의 불리함을 깨달았다 해도 곧바로 도와주러 올 수 있었던 것은 어째서일까?

"뭐, 뭐야, 너?! 방금까지 없었잖아!"

마인은 그렇게 외치며 올리비아에게 마법을 쏘았다.

"……!"

표적이 된 올리비아는 방어 마도구를 전개하는 것이 아니라 눈앞에서 토벽을 만들어 방어하려 했다.

"흥! 고작 그런 거로 막을 수 있겠냐?!"

마인의 말대로 올리비아가 만든 토벽은 너무나도 간단히 파괴됐다.

그녀의 연인인 마크는 어째서인지 그 상황을 냉정한 눈으로 보고 있었다.

"이걸로 드디어 한 명…… 크헉?!"

자신이 발사한 마법이 토벽을 무너뜨리고 그 너머까지 파괴한 것을 본 마인은 드디어 한 명을 쓰러뜨렸다고 생각했지만 어째서인지 뒤에서 정통으로 공격을 받고 말았다.

"무, 무슨……?"

그리고 돌아본 시선 끝에는 방금 처리했다고 생각한 올리비아가 서있었다.

"이게…… 무슨 짓을 한 거냐……."

"네가 알 것 없지."

쓰러진 마인 옆에는 올리비아의 행동을 예측한 마크가 마법검을 기동한 채 서있었다.

"……흥. 결국 우리는 당하는 역할이라는 건가……."

치명상은 아니었다지만 일어설 수 없을 정도의 대미지를 받은 마인은 포기한 표정으로 그렇게 말했다.

"……."

그런 마인에게 연민을 느꼈지만, 상대는 어디까지나 마인.

자비를 베풀 수는 없다는 듯이 마크는 마법검을 휘둘렀다.

그리고 마인의 숨통을 끊은 마크는 올리비아 쪽을 보았다.

"게이트를 그렇게 잘 다뤘던가?"

그렇다. 올리비아가 마크의 위기에 곧바로 달려올 수 있었던 것도, 어느 틈에 마인의 뒤로 돌아들 수 있었던 것도 게이트 마법을 사용해 이동했기 때문이다.

마인의 마법을 토벽으로 막은 것도 기동하는 게이트를 보이고 싶지 않았기 때문.

올리비아가 게이트를 사용하는 방식은 원거리 이동만 생각했던 마크에게 그야말로 신세계였다.

"내가 할 일을 정한 뒤로 이것만 연습했어. 아마도 게이트를 기동하는 속도라면 월포드 군에게도 지지 않을 거야."

"그렇구나. 듬직하네."

마크가 그렇게 말하자 올리비아는 기쁜 듯이 미소 지은 뒤 발걸음을 돌렸다.

"그럼 다른 데 가볼게. 또 위험해지면 달려올 테니까."

"응. 그렇게 되지 않도록 노력할게."

마크의 대답에 고개를 끄덕이고서 게이트를 기동해 그 자리를 떠난 올리비아.

어디로 갔는지는 알 수 없었지만 곧바로 마법이 착탄하는 소리가 들렸다.

"올리비아~ 나이스~."

유리의 느긋한 목소리가 들렸으니 아마도 유리를 지원했을 것이다.

마크는 자신과 대화하며 상황을 파악하던 것에 감탄했다.

"그러게. 나는 토니 씨처럼 검술을 배운 것도 아니면서……."

마크는 그렇게 중얼거리고 손에 든 마법검을 보았다.

"강력한 무기를 생각해냈다고 해서 바로 강해지는 건 아닌데. 뭘 우쭐대던 거냐고!"

마크는 그렇게 말하고서는 방금 올리비아와 함께 싸우던 상황을 떠올렸다.

"방금 그걸 참고한다면……."

이번엔 새롭게 나타난 마인에게 갑자기 검을 휘두르는 것이 아니라 우선 공격 마법을 연사.

마인이 방어에 나서자 돌진해 마법검을 기동해 베었다.

당연히 마인은 방어 마법을 전개했지만 여기서 선택한 것은 물리 방어 마법.

검으로 공격했으니 당연하다고 할 수 있다.

그러나 마크의 검은 불 마법이 부여된 마법검.

검에 부여된 마법은 물리 방어로는 막을 수 없었고, 그 결과 방어 마법이 파괴되어 그대로 마법검에 베였다.

그제야 자신이 싸우는 방식을 파악한 마크는 그것을 간접적으로 알려준 올리비아에게 고마워했다.

그리고 어쩐지 장래에 올리비아에게 꼼짝 못 하겠다는 막연한 불안감을 품었다.

올리비아가 도와주기 전, 유리는 혼자서 마인을 상대했다.

원래 다른 아이들만큼 공격 마법이 익숙하지 않은 그녀가 혼자서 싸우는 이유.

그것은.

"에잇!"

"으헉?!"

"야앗!"

"엇! 잠깐, 잠깐!"

"안 기다려요~."

"으억! 이, 이게! 마도구를 몇 개나 갖고 있는 거야?!"

"으음? 비밀."

"웃기고 있…… 으엇!"

유리는 자신의 화력이 부족한 것을 이해하고 있었다.

그래서 유리가 찾아낸 해결법이 『한 번으로 부족하면 잔뜩 공격하면 된다』는 물량 작전이었다.

그 생각에 이른 유리는 빈 공방 기술자들의 협력을 얻어 휴대하기 쉬운 짧은 지팡이를 대량으로 제작해 공격 마법을 부여했다.

공격 마법이 부여된 지팡이를 마찬가지로 빈 공방의 기술자들이 만든 홀스터에 담아 허리에 찼다.

유리는 그 홀스터에서 연달아 지팡이를 꺼내 마인에게 숨쉴 틈도 주지 않고 공격했다.

지팡이에 부여된 공격 마법은 유리가 고안한 것이라 한 번의 공격으로 치명상을 줄 수 없지만 나름대로 대미지를 주는 것은 분명했다.

그런 공격을 연속으로 받은 마인은 짜증이 치솟았다.

그러나 유리의 연속 공격을 피하거나 막으면서도 투덜거리고 있었다.

다시 말해 마인에게는 아직 말할 수 있는 여유가 있다는 뜻이다.

"음, 이래도 안되는 건가~."

유리는 불만스러운 듯이 입술을 삐죽 내밀었지만 마인은 증오의 눈빛으로 노려보았다.

"우리가 마인이 되어 간신히 도달한 영역에…… 이런 어린 애가 인간의 몸으로……."

그렇게 말한 마인은 그 분노를 유리에게 터뜨렸다.

"웃기지 마!"

계속 공격을 받기만 했던 마인이 갑자기 공격에 나섰다.

"앗, 앗."

유리는 재빨리 방어 마도구를 전개해 마인의 마법을 막았다.

그러나 마인의 공격은 끝나지 않았다.

"우리가! 어떤 심정으로! 마인이 됐는데!"

마인은 그렇게 외치며 마법을 연발했다.

"그걸 어떻게 알아요~!"

엉뚱한 분풀이에 제아무리 유리라 해도 목소리가 커질 수밖에 없었다.

그러나 마인의 공격은 멈추지 않았다.

"시끄러워! 우리 제국 평민이 어떤 대우를 받았는지 아냐?!"

"그러니까 그걸 내가 어떻게 아냐고요~!"

"우리 제국 평민은! 그저 착취당하기만 하던 존재였다! 그렇게 학대받던 우리의 심정을 네가 알아?!"

"그런 말은 제국한테 해요~!"

"말해도 소용없으니 없앴다고!"

"그러니까 그걸로 끝이잖아요?! 왜 계속해서 다른 사람들에게 피해를 주는 거예요~!"

"용서할 수 없으니까!"

"뭐가요~?!"

"너희처럼! 축복받은 환경에서 뻔뻔하게 빈둥거리는 녀석들이!"

"……."

마인의 말에 유리는 입을 다물었다.

너무나도 말도 안 되는 트집에 말문이 막힌 것이지만 마인은 다르게 판단한 듯했다.

자신의 말을 반박하지 못한다고.

그래서 마인은 유리에게 자신의 분노를 더 크게 터뜨렸다.

"우리는 학대당하며 필사적으로 살다 슈투름 님 덕분에 마인이 되어 간신히 제국과 싸울 수 있게 됐는데! 너희 같은 애들이 우리와 대등하다고?! 웃기지 말라고!"

유리는 그 말을 듣고 지금까지 느껴본 적 없었던 분노가 치밀었다.

머리 꼭대기까지 화가 치민 유리는 허리에 찬 홀스터에서 지팡이 여러 개를 추가로 꺼냈다.

"웃기는 건 그쪽이잖아요~!"

"뭐?!"

"당신들의 경우에는 동정해요. 하지만~!"

유리는 그렇게 말한 뒤 복수의 지팡이를 일제히 마인에게 겨눴다.

"나는~! 열심히 노력했다고요~! 마인이 되어 아무런 노력 없이 힘을 손에 넣은 당신들하고는 달라요~!"

그렇게 말한 유리는 지금까지 하나씩 기동하던 지팡이를 일제히 기동했다.

불과 바람, 물과 흙 등 다양한 마법이 일제히 마인에게 날아들었다.

"무슨?!"

복수의 마법이 한꺼번에 날아가니 제아무리 마인이라 해도 위험을 느끼고 다급히 회피했다.

"우옷?!"

방금까지 자신이 있었던 곳에 마법이 떨어져 커다란 폭발을 일으켰다.

그 광경에 식은땀을 흘린 마인이 유리를 보니 아직 그 분노가 식지 않은 듯했다.

"월포드 군에게 특훈을 받고서~! 멜리다 님에게 지도를 받고서~! 간신히 여기까지 왔다고요~!"

유리는 그렇게 외치며 홀스터에 남아 있던 대부분의 지팡이를 꺼내 마인에게 겨눴다.

"이, 이봐…… 잠깐…… 끄악!"

유리의 모습에 겁에 질린 마인이 멈추라고 말하려 할 때, 갑자기 사각에서 공격을 받았다.

"커헉……."

"올리비아~ 나이스~."

단거리를 게이트로 이동한 올리비아의 지원 사격으로 유리의 앞에 무방비해진 몸을 드러낸 마인.

그리고.

"받아라~!"

유리는 손에 든 대량의 마도구를 일제히 기동해 마인을 향해 발사했다.

"크…… 젠장……."

유리가 사용한 마법을 정통으로 맞은 마인은 그런 말을 남기고 흔적도 없이 사라졌다.

그것을 확인한 유리는.

"……흠, 한꺼번에 쏘면 이런 위력이구나~."

화가 식었는지 전장에 어울리지 않는 말투로 그렇게 말했다.

그런 유리의 곁으로 올리비아가 다가왔다.

그 얼굴은, 약간 질린 표정이었다.

"유, 유리 씨, 굉장하네요……."

"그렇지~? 굉장하지~? 이거 혹시 새로운 발견이려나~?"

"그, 글쎄요?"

"하지만 이걸로 나도 마인과 대등하게 싸울 수 있어~!"

"그, 그러네요……."

"아, 올리비아, 방금 정말 고마웠어~ 또 잘 부탁해."

"아, 네."

유리는 올리비아에게 인사하고서 다른 마인을 향해 달려갔다.

그 뒷모습을 지켜본 올리비아는 자그맣게 속삭였다.

"……유리 씨를 화나게 하지 말아야겠다……."

올리비아의 머릿속에서 유리는 어른스러운 언니에서 화나면 무서운 사람으로 변한 순간이었다.

"유리 씨는 화나면 저렇게 무섭구나. 나도 조심해야지."

토니는 두 손에 든 바이브레이션 소드를 종횡무진 휘두르며 사람들 앞에서 처음으로 화난 모습을 보인 유리를 보았다.

그 표정에는 여유가 있었다.

토니는 마인에게 대항할 수단으로 바이브레이션 소드의 이도류를 선택.

마인들과 싸우기 전에 마인과는 별개로 인류의 재앙이라 할 수 있는 마물이 된 용을 압도할 수 있었던 것으로 그 움직임에 자신감이 가득했다.

제트 부츠를 사용해 마인의 빈틈을 파고들어 첫 번째 공격이 막혀도 바로 두 번째 칼로 마인을 토벌했다.

어떤 의미로는 신의 은혜를 가장 많이 받은 토니가 이 전장에서 가장 큰 전과를 올리고 있는 것은 분명했다.

그런 토니에게 근접 전투로는 불리하다고 판단한 마인은…….

"애송이가! 나대지 말라고!"

원거리에서 강력한 마법을 발사했다.
그러나.
"영차."
"뭣이?!"
토니는 날아드는 마법을 향해 냉정하게 마력 장벽을 전개.
어렵지 않게 그 마법을 막았다.
"흡!"
"……?!"
검이 특기라고 생각했던 토니가 간단하게 자신의 마법을 막는 모습에 잠시 시선을 빼앗긴 마인의 빈틈을 놓치지 않고 제트 부츠로 단번에 거리를 좁힌 토니.
"하앗!"
"컥……."
순식간에 벌어진 상황에 마인은 아무런 저항도 하지 못하고 검에 베였다.
"후우."
마인을 쓰러뜨린 토니는 주위를 보며 숨을 내쉬었다.
"저쪽은 어떻게 됐으려나."
토니는 그렇게 말한 뒤 어떤 두 사람 쪽을 보았다.
"저렇게 화려한 차림이면 표적이 되기 십상일 텐데."
토니가 신경 쓴 두 사람.
그것은.

"으앗!"
"이얏!"
화려한 옷을 입은 앨리스와 린이었다.
그 의상은 노출 과다에 색도 선명해서 얼핏 보아도 전장에는 어울리지 않았다.
애초에 이 옷은 전장에 나서지 않는 메이를 위해 신이 귀여운 옷으로 디자인했었다.
전장에서 입을 옷으로 만든 것이 아니다.
그런 옷을 입고 전장에 있으면 당연히…….
"웃기는 옷을 입고 오다니!"
"우릴 얕보는 거냐!"
"그렇게 화려한 옷을 입으면 공격해달라는 말이나 마찬가지잖아!"
목숨을 건 전장에 장난으로 입었다고 밖에는 생각할 수 없는 차림으로 나타난 두 소녀.
목숨을 버릴 각오로 이 전장에 나선 마인들은 당연한 듯이 분노했다.
아무래도 화려하고 눈에 띄기 때문에 앨리스와 린 주변에는 많은 마인이 모여들었지만…….
"아 정말! 뭐야! 딱히 장난으로 입은 게 아니라고!"
그렇게 외친 앨리스는 공격을 피하며 마인들에게 반론했다.
그 반론이 마인들을 더욱 화나게 했다.

“뭐?! 그게 장난이 아니라면 뭐라는 거냐!”
“그걸, 말해줄 수는 없어.”
마인의 분노에 냉정한 태도로 당연한 말을 하는 린.
평범하게 생각해보면 싸우는 상대에게 전법을 알려줄 리가 없는데, 그런 당연한 사실을 자신들보다 훨씬 어린 린에게 들은 것으로, 마인들은 더욱 냉정함을 잃었다.
그리고 앨리스와 린은 그 빈틈을 놓치지 않았다.
“린, 앞쪽으로 뛰어.”
“응.”
마인들에게는 들리지 않을 정도로 작은 목소리로 말을 건 앨리스.
주변에서도 전투가 벌어져 시끄러운 탓에 마인들은 앨리스의 목소리를 들을 수 없었다.
그러나 린은 앨리스의 말을 정확하게 듣고서 타이밍을 맞춰 앞쪽으로 돌진.
앨리스는 그런 린을 포위하려던 마인들의 옆을 빠져나가 그 뒤를 잡았다.
“뭐?!”
“응?! 무슨…….”
두 사람의 갑작스러운 행동에 당황한 마인들과는 다르게 앨리스와 린은 목소리를 맞췄다.
““하나, 둘…….””

평범한 목소리로.

마인들을 포위하는 위치에 있었으니 원래라면 그런 음량으로는 목소리를 들을 수 없다.

그러나.

""하앗!""

앨리스와 린은 정확하게 동시에 불 마법을 발사했다.

"뭐?!"

"말도…… 안 돼……."

완벽히 같은 타이밍에 발사된 마법은 동시에 착탄.

다른 방향에서 동시에 날아든 커다란 마법에 마인들은 어디를 방어할지 빠르게 판단하지 못했다.

『크아아아악!』

그리고 상승효과로 더욱 위력이 강해진 불꽃은 순식간에 마인 몇 명을 불태웠다.

확실하게 마인들을 쓰러뜨린 것을 확인한 앨리스는 숨을 내쉬었다.

"후우…… 역시 이거 좋다! 전투 중에 비밀 얘기하는 거!"

"응. 이 장점은 커."

앨리스와 린이 폭음이 울리는 전장에 있으면서도 작은 목소리로 대화할 수 있는 것은 그녀들이 머리에 쓴 방어구에 설치된 소형 통신기 덕분이었다.

무선 통신기와 같은 것을 설치해 귀에 직접 스피커가 닿도록 설계되어 있어서 작은 음량이라도 잘 전달된다.

그래서 두 사람의 대화가 주위에 들릴 걱정도 없다.

앨리스와 린은 그 기능을 사용해 마인을 토벌했다.

다만 이번에 사용한 것은 무선 통신기를 이용한 머리 장비뿐.

옷은 필요 없었지만…….

"역시, 이 장비를 사용하려면 의상도 맞춰야지!"

"그건 당연."

역시 장난치는 것일지도 모른다.

앨리스와 린이 발사한 동시 마법은 전장에 커다란 소리로 울렸다.

그것을 깨달은 아우구스트는 힐끔 그쪽을 보며 한숨을 쉬었다.

"정말이지…… 통신기로 연락할 거라면 머리의 장비만으로 충분할 텐데. 저 둘은 정말이지 진지함이 부족하군."

나중에 앨리스와 린에게 설교해야겠다고 마음먹은 아우구스트는 곧바로 자신의 전투에 집중했다.

"뭐야…… 뭐냐고, 너희는?!"

아우구스트의 눈앞에는 어이없어한다는 표현이 딱 들어맞는 표정인 마인이 있었다.

"뭐냐고 물어도 말이지. 우리는 얼티밋 매지션즈다. 너희도 알고 있을 텐데?"

"그런 말이 아니잖아! 고작 한 달 전까지 우리와 동등했잖아! 그런데…… 왜 이렇게까지 압도되는 거냐고!"

"흠, 그건…… 노력의 성과라고 해두지."

"웃기지 마!"

마인의 질문에 답한 아우구스트의 말에 마인은 격앙했다.

고작 한 달.

상식적으로 생각해서 고작 한 달 만에 이렇게까지 성장할 수 있을 것 같지 않았다.

"뭐가 노력의 성과라는 거냐! 어차피 저번에 싸울 때는 실력을 감추고 있었을 거면서!"

보고로 들었던 이전 전투.

그때의 보고는 역시 신의 힘은 굉장히 위협적이지만 다른 멤버에 대해서는 자신들과 동등.

혹은 전법에 따라서는 충분한 승산이 있다는 보고였다.

그러나 막상 뚜껑을 열어보니 압도적인 유린의 현장이었다.

마인이 착각하는 것도 무리가 아니다.

그러나.

"너무하는군. 아무리 나라고 해도 자신의 목숨을 저울질할 정도로 어리석지 않다."

"시끄러워! 그런 말을 어떻게 믿겠냐!"

"사실이다만……."

아우구스트 일행이 마인을 압도할 수 있는 이유.

그것은 단순하게 지금까지의 전법을 고집하지 않았기 때문이다.

2대1로 상대하는 사람.

새로운 마도구를 가져온 사람.

그 마도구를 대량으로 가져온 사람.

직접적인 전투를 포기하고 서포트에 주력하는 사람.

반면 마인들은 전법을 바꾸지 않았다.

마인이 된 사실에 대한 오만.

아우구스트 일행을 어차피 전투 경험이 부족한 어린아이라고 얕본 방심.

그러나 가장 큰 이유는.

"그렇게 쉽게 전법을 바꾸다니…… 너희에겐 긍지라는 게 없냐?!"

마인이 되어 압도적인 힘을 지녔다는 긍지.

그것이 방해되어 마인들은 전법을 바꾸지 않았다.

그런 마인에게 아우구스트는.

"흠, 긍지라. 그런 건…… 없다!"

"뭐?!"

단호하게 말했다.

"잠깐, 너…… 왕태자 맞지?! 왜 자신의 힘에 긍지가 없는 거냐?!"

"그런 소리를 해도 말이지. 결국 내…… 아니, 우리의 힘은 신에게 받은 것이다. 스스로 얻은 힘이 아니지. 그런 것에 긍지를 가질 리가 없잖아?"

아우구스트의 말을 들은 마인은 씩 웃었다.

"……흥! 뭐냐, 대국의 왕자님이라는 분이 남에게 빌린 힘으로 싸운다는 거냐? 이거 웃기는군."

"도발해도 소용없다. 그 사실은 모두가 이해하고 있으니까."

"……쳇."

"아, 그리고 한 가지 정정하지."

아우구스트는 그렇게 말한 뒤 마력을 모으기 시작했다.

"이 힘은『받은』것이지『빌린』것이 아니다."

그리고 아우구스트는 모은 마력을 마법으로 변환했다.

"뭐……."

그 마법을 보고서 말문이 막힌 마인.

아우구스트의 오른손에는 불 마법이.

그리고 왼손에는 바람 마법이 소용돌이쳤다.

"마법…… 동시 기동……?!"

"신에게서 받아 이제는 자신의 것으로 삼았다. 그러니 노력을 게을리 한 적이 없지!"

아우구스트는 그렇게 말하며 그 마법을 해방했다.

"하아앗!"

아우구스트가 사용한 불 마법은 동시에 날아간 바람 마법을 휘감고 거대한 화염 폭풍을 일으켜 마인을 집어삼켰다.

"빌어먹을!"

"타올라라!"

한동안 계속 마법을 사용한 아우구스트가 마법을 해제하자 거기엔 새까맣게 타버린 마인의 재만 남아 있었다.

아우구스트는 마인의 재를 내려다보았다.

"긍지라. 물론 나에게도 있지. 하지만……."

그리고 아우구스트는 다른 곳에도 있는 마인들에게 시선을 돌렸다.

"그것은…… 인류의 수호자라는 긍지다!"

아우구스트는 그렇게 말한 뒤 인류를 지키기 위해 마인에게 날아갔다.

◆

"저기, 시실리."

"네. 왜요?"

"……오그, 너무 멋지지 않아?"

뭐야, 인류의 수호자로서의 긍지라니.

마치 세계를 구하는 영웅 같잖아.

그런 상투적인 대사…… 나도 해보고 싶잖아!

"하하…… 하지만 그게 우리가 아는 전하예요. 지금의 전

하께 익숙해졌지만 전에는 저런 이미지셨어요."

"음…… 그런 말은 몇 번인가 들었지만, 아무래도 위화감이……."

"신 군은 지금의 전하밖에 모르니까요."

다들 처음에는 지금의 오그에게 위화감이 있었다지만 내 앞에서는 처음부터 그랬으니까.

저런 상투적인 말을 부끄럽지도 않게 말하는 점은 역시 왕자님이구나 싶었다.

그렇게 시실리와 이야기를 나눌 때였다.

"아읏!"

"아! 앨리스!"

방금까지 린과 함께 순조롭게 마인을 토벌하던 앨리스가 공격을 지나치게 의식한 나머지 발밑에 소홀해진 듯하다.

마인들과 강력한 마법을 주고받느라 엉망이 된 지면에 발이 걸려 쓰러졌다.

그때, 타이밍 나쁘게도 마인의 마법이 날아들었다.

"으냐아아아!"

앨리스는 간신히 지금 입고 있는 마법 소녀 복장에도 부여된 방어 마법을 전개했지만 완벽히 막아내지 못해 뒤로 날아가고 말았다.

아, 정말이지!

우쭐대다가 방심했잖아?!

발이 걸려 넘어지는 갑작스러운 상황에서는 순식간에 마도구를 기동하기 어렵다.

어느 정도는 막아낸 모양이지만 대미지를 입은 것을 멀리서도 알 수 있었다.

"다녀올게요!"

마찬가지로 앨리스가 대미지를 입은 것을 목격한 시실리가 곧바로 게이트를 열어 앨리스의 곁으로 갔다.

"아으으……."

"잡았다!"

"그렇게는 안돼요!"

대미지를 입고 쓰러진 앨리스의 숨통을 끊으려 마인이 발사한 마법이 아슬아슬한 순간에 시실리의 마력 장벽에 막혔다.

"뭐?! 넌 또 어디서 나타난 거야?!"

"린 양! 엄호를!"

"알고 있어."

"으앗! 젠장!"

게이트로 갑자기 나타난 시실리를 본 마인이 당황하는 사이에 린이 마인을 견제.

마인을 시실리와 앨리스에게서 떨어뜨리는 것에 성공했다.

"괜찮아요?! 앨리스 양!"

마인이 떨어진 것을 확인한 시실리가 곧바로 앨리스를 치료했다.

“아으…… 미안, 시실리. 방심했어.”

“상대는 마인이니까 방심하면 안돼요.”

“그 전법이 먹혀서 쉽게 토벌할 수 있다 보니…….”

“그래도 마인이잖아요. 부여 마법 기동이 늦었더라면 방금 공격으로 죽었어도 이상하지 않아요.”

“응. 그렇더라. 역시 이 녀석들은 지금까지 나타난 마인과는 달라.”

“자요. 이제 괜찮아요.”

“와. 정말로 벌써 나았네! 고마워, 시실리!”

치료가 끝난 앨리스가 자신을 다치게 한 마인을 향해 달려들었다.

“이게! 잘도 공격했겠다!”

“뭐?! 벌써 나았다고?!”

“우리 치유 마법사는 세계 최고거든!”

“아무리 그래도 말도 안 되잖아!”

“윌포드 군의 훈련을 받았으니 당연.”

“헉?!”

너무나도 빨리 현장으로 복귀한 앨리스에게 정신이 팔린 마인의 뒤로 린이 빠르게 파고들었다.

“이런…….”

“늦었어.”

"크…… 커억!"

"이쪽도 잊지 마!"

마인은 다급히 린의 마법을 방어하려 했지만 이번엔 앨리스 쪽이 소홀해졌다.

앨리스의 마법을 정통으로 맞은 마인이 천천히 쓰러졌다.

"제길…… 둘이 덤비다니…… 비겁하잖아……."

"우선순위는 변함없음."

원망하는 말을 내뱉으며 쓰러진 마인에게 린이 마무리 마법을 사용했다.

최우선 사항은 어떤 식이라도 좋으니 마인들을 토벌해 세계를 구하는 것.

다른 아이들에게도 오그의 의지가 충분히 전달된 듯하다.

"그나저나……."

"왜 그래? 시실리."

앨리스의 치료를 마치고 다시 내 곁으로 돌아온 시실리가 불쑥 중얼거렸다.

"마인들은 이렇게 열세에 몰릴 거라고 생각하지 않았던 걸까요?"

"뭐, 그렇겠지."

지난번 대전을 생각하면 그렇게 되는 것도 어쩔 수 없을 것이다.

서로가 마무리 지을 수 없는 교착 상태에 빠졌다는 지난번 전투.

그 자리에는 적은 수의 마인만 있었고 대부분은 내가 없앴지만, 몇 명인가 도망쳤었다.

그 녀석들에게서 정보를 얻었을 테니까…….

"……저기, 시실리."

"마인들도 이쪽을 처리할 수 없었던 거지?"

"네? 아, 네. 우리는 마인들의 연계에 당황했었고, 마인들도 전투복의 부여 마법을 대처하지 못했어요."

그런 싸움이었으니 오그는 모두에게 새로운 전법을 모색하라고 지시를 내렸고, 아이들은 그때까지의 힘으로 밀고 나가는 전법이 아니라 연계를 하거나 새로운 마도구를 마련하고 서포트에 전념하기도 했다.

그런데…….

"어째서 마인들은 대책을 마련하지 않았을까……."

"그러고 보니……."

지난번 마인들이 오그 일행을 압도했다면 지금 상황도 이해가 된다.

그러나 교착 상태였다면 어떠한 대책을 마련하는 것이 보통 아닌가?

"이상한데……."

"그러네요……. 어떻게 된 걸까요?"

"아무런 대책도 없이 전투에 참가하다니 마치……."

"으앗!"

"미란다?!"

생각하던 도중에 미란다의 비명이 들렸다.

"큰일이야! 다녀올게요!"

"그, 그래."

말하던 도중이었지만 미란다의 위기에 시실리가 다시 게이트를 이용해 미란다에게 갔다.

"마리아! 엄호해줘!"

"알았어!"

"어휴! 미란다, 방심했어?"

"나는 꽤 벅차다고! 아야야……."

"움직이면 안 돼!"

미란다는 마법사가 아니니까.

빠르게 마도구를 기동해 방어하는 것이 익숙하지 않겠지.

그래도 크게 다치지 않은 모양이라 다행이다.

"자, 끝났어."

"고마워, 시실리! 이야아앗!"

치료가 끝난 미란다는 이전의 앨리스와 마찬가지로 상처가 치유된 순간 마인에게 돌진해 마리아와 연계하며 마인 한 명을 토벌했다.

이번에도 간단하게 토벌했다.

아니…… 확실히 이 마인들은 전에 싸웠던 평민 마인들과 비교하면 강하다.

그러나 지난번 전투에 대한 대책이 전혀 없다.

그 증거로 전법을 바꾼 마리아와 미란다에게 무척이나 간단히 토벌됐다.

지난번의 그…… 제스트라는 마인의 말에 따르면 이 녀석들은 원래 군인이었을 것이다.

그런 녀석들이 대책도 없이 나선 건가?

이건 마치…….

"……스스로 파멸을 바라는 것 같잖아."

내 눈에는 그런 식으로만 보였다.

"파멸을 바란다고요?"

미란다의 치료를 마치고 옆으로 돌아온 시실리가 당황한 목소리로 말했다.

"딱히 확신이 있는 건 아니지만……."

오그 일행은 저번 전투를 바탕으로 교착 상태를 타개하기 위한 방안을 고민했다.

당연히 마인들도 대처 방안을 생각해올 줄 알았는데…….

"마인들은 딱히 타개책을 생각하지도 않고 공격해와. 뭐, 설마 이렇게까지 일방적인 전개가 될 줄은 예상하지 못했겠지만……."

"마치 지는 것을 바라는 것 같다……는 건가요?"

"응. 내 눈에는 그렇게 보여."

그때, 슈투름은 세계를 없애겠다고 선언했다.

그것을 고려하면 분명 많지 않을 마인이라는 전력을 이렇게 간단히 잃어버리는 행동을 할 것 같지는 않다.

"제길, 대체 무슨 생각이야?!"

순조롭게 마인을 토벌하는 것은 다행이다.

그러나 슈투름의 의도를 전혀 파악할 수 없다.

"앗! 신 군!"

마인들의 알 수 없는 행동에 고민하고 있자니 마인 한 명이 이쪽을 향해 다가오는 것이 보였다.

"신 월포드! 그 목을 받아 가겠다!"

"……이 녀석도."

누군가와 연계하는 것이 아니라 오직 홀로 돌진해왔다.

"하압!"

마인이 정면에서 마법을 발사했기에 그것을 마력 장벽으로 막았다.

"뒤가 텅 비었다고!"

아, 역시 한 명 더 뒤에 있었구나.

"비지 않았어요!"

"뭐?!"

뒤에서 공격한 마인의 마법은 시실리의 마력 장벽에 막혔다.

마인은 둘이서 공격했지만 이쪽도 나와 시실리, 두 명이다.

쉽게 빈틈이 생길 리가 없다.

"시실리, 미안하지만 저 마인을 붙들고 있어줘."
"알겠어요!"
"일단……."
"뭐?!"
우선 눈앞에 있는 마인을 토벌한다.
"하앗!"
"큭! 검도 다룰 줄 알다니 성가시군!"
바이브레이션 소드의 공격을 아슬아슬하게 피한 마인.
하지만 다급히 피했는지 자세가 무너져 있었다.
"하앗!"
거기로 마법을 쏘았다.
"큭! 크오오!"
그 마법도 마인이 펼친 마력 장벽에 막혔지만.
"이제 대처할 수 없지?"
"아……."
마인이 필사적으로 마력 장벽을 펼쳐 내 마법을 막은 사이에 마인에게 돌진.
다시 바이브레이션 소드를 휘둘렀다.
마력 장벽으로는 막을 수 없는 바이브레이션 소드의 공격에 마인은 간단하게 베였다.
"이, 이렇게 간단하게……."
다른 쪽 마인이 경악하는 사이에 그쪽으로 이동.

그리고.

“크악!”

마인의 팔을 붙잡아 바닥으로 내리꽂은 뒤 붙들었다.

“이, 이 자식!”

“이봐, 너희의 목적은 뭐야? 왜 이런 무의미한 공격을 하는 거지?”

슈투름의 목적을 알 수 없어 고민하던 찰나, 때마침 마인이 습격해왔으니 나는 직접 물어보기로 했다.

뭐, 얌전히 실토하지는 않겠지만.

“뭐?! 당연히 너희를 죽이기 위해서지!”

“그 결과가 이거야? 허술하네.”

“시끄러워!”

“너희는 슈투름에게서 우리를 상대할 대책을 받지 않았어? 이런 무의미한 공격에 무슨 의미가 있지?”

“몰라! 슈투름 님의 깊은 생각을 우리 같은 말단들이 어떻게 알겠어!”

“그럼…… 정말로 아무런 우리를 상대할 대책도 받지 못했다는 건가…….”

실은 어떤 대책이 마련되어 있고, 우리는 거기에 넘어갔을 뿐이지는 않을까 싶었는데 아무래도 그렇지 않은 듯하다.

하지만 이건…….

“그냥 버리는 패잖아…….”

일단 싸우고 오라는 명령으로 무참하게 토벌된다.

아무리 슈투름의 명령이라지만 자신의 부하에게 이런…….

그렇게 생각했을 때였다.

"너희 따위가…… 너희처럼 축복받은 애송이 따위가……."

"이, 이봐……."

붙들렸던 마인이 대량의 마력을 모으기 시작했다.

"우리의 심정을 알 것 같아?!"

"제길! 설마?!"

"으아아아!"

이 녀석?!

마력을 폭주시켜 자폭할 생각인가?!

"그렇겐 안되지!"

나는 다급히 붙들었던 손을 놓고서 바이브레이션 소드로 마인을 베었다.

"커헉!"

그것과 동시에 마인이 모으던 마력이 흩어졌다.

위험해라…… 조금만 더 늦었더라면 엄청난 폭발이 일어날 뻔했어.

"너희…… 따위가……."

마인은 그렇게 중얼거리고서 그대로 숨이 멎었다.

방금 그 말…… 결국 확실히 말하지는 않았지만 나는 확신했다.

이 녀석들은 슈투름에게서 제대로 된 대책을 받지 못했다.

그저 슈투름의 명령이라서 우리와 싸웠다.

그 명령은 마치…….

그런데도 그 명령을 조금도 의심하지 않고서 실행에 옮겼다.

"대체 뭐야, 이 녀석들……."

"신 군! 괜찮아요?!"

슈투름과 마인들의 이 일그러진 주종 관계에 전율하고 있으니 시실리가 달려왔다.

"정말! 마인을 붙잡고 심문하다니!"

"아, 응, 미안. 하지만 덕분에 알게 된 게 있어."

"네? 방금 그 대화로요?"

"그래."

확실히 말하지는 않았다.

그러나 이 상황과 그 마인의 말로 확신했다.

이 녀석들은…….

"슈투름에게 죽으라는 명령을 받았어."

"그, 그럴 수가?! 자신의 부하에게 그런 명령을 내리다니!"

시실리가 믿기지 않는다고 소리쳤다.

"나도 믿기지 않아. 하지만……."

아무런 대책도 없이 전장에 내보냈다.

그것은 마치 죽으라는 말이나 마찬가지잖아.

그리고 그 마인의 말…….

"저 녀석들은 그 명령에 아무런 의문을 품지 않은 모양이었어."

싸우고 죽으라는 명령을 듣고서 흔쾌히 죽으러 나선다.

그 모습은 마치…….

"광신도……."

시실리가 나와 똑같은 생각을 했다.

"그래, 슈투름을 마치 신처럼 숭배하고 있어."

나와 시실리가 그런 이야기를 하는 사이에도 마인들은 계속해서 다른 아이들에게 토벌되었다.

확실히 우리의 목표는 마인의 섬멸. 한 명도 남기지 않고 토벌하는 일이지만 상대가 이렇게 특공 같은 행동을 할 줄은 몰랐다.

이런 상황에 나는 강렬한 위화감이 들었다.

마인들이 이렇게까지 슈투름을 맹신적으로 지지한다면 더욱 그렇다.

"슈투름이 갑자기 전면전을 걸어온 것도 그렇지만, 아무래도 지금까지 보였던 행동과는 다른 것 같아."

"지금까지와는 다르다고요?"

"응. 저번 마인령 공략 작전 때 토벌한 마인은 슈투름이 제국을 없앤 뒤에 아무것도 하지 않았다고 했었어."

"그랬죠."

"대국이라는 이야기까지 들었던 제국의 국민을 말 그대로 몰살한 녀석이 그 후에 아무것도 하지 않았다는 게 이상했지."

"하지만 그건 슈투름의 목적이 제국의 멸망이니까, 그게 끝나 목표가 사라진 게 아닐까 하고 신 군과 전하가 이야기했었잖아요."

"그랬지. 그래서 구 제도…… 마도 주변을 포위해 감시하면 끝이라고 생각했는데……."

지금까지 평민 마인들의 행동을 지켜보기만 했던 마인들이 움직였다.

예카테리나 씨를 습격해 나를 다른 아이들과 떨어뜨린 뒤 오그 일행을 없애려 했다.

그리고 이번 결전.

"어째서 갑자기 슈투름이 움직였지? 목적이 없다면 그대로 얌전히 있으면 되잖아."

"그건…… 마인이기 때문이라고 밖에는……."

시실리는 전에 슈투름의 선언을 들었다.

『이런 몸이 된 이후 인간 따위는 아무래도 좋은 존재가 됐다』고.

분명히 그렇게 말했다.

그러니 인간은 마인의 생각을 이해할 수 없을 것이라고.

그런 뜻일 것이다.

"이번에도 세계를 『정복』하는 것이 아니라 『멸망』시킨다고 했고…… 갑자기 인간을 없애고 싶어졌다고밖에……."

시실리가 그렇게 생각하는 것도 이해할 수 있다.

그러나.

"그럴지도 모르지만…… 나는 그게 아닌 것 같아."

"그럼요?"

"슈투름이 그렇게 생각한다면…… 이해할 수는 없지만 그럴 수는 있을 것 같아. 하지만 이 녀석들은?"

"아……."

"슈투름을 신처럼 받드는 것도 알겠어. 하지만 이래서는 언젠가 우리는 슈투름에게 도달할 거야. 이 녀석들이 그걸 놔둘 것 같아?"

"……대책을 마련해 더욱 필사적으로 저항하는 게 당연하겠네요."

"슈투름이 마인들에게 죽으라고 말했어. 그건 다시 말해 슈투름을 지키는 사람이 적어진다는 뜻이야."

"맞아요."

"그걸 슈투름을 신으로 떠받드는 이 녀석들이 받아들일까?"

"그건…… 그럴 것 같지 않아요."

"그런데도 이 녀석들은 슈투름의 명령을 따르고 있어. 그 말은……."

구체적으로는 아무것도 알 수 없다.

그러나 이 추측은 크게 벗어나지 않을 것이다.

그것은.

“어쩌면 마인들 사이에서 뭔가 커다란 문제가 일어났는지도 몰라.”

그렇지 않으면 이 상황을 이해할 수 없다.

딱히 우리가 고전하기를 바라는 것이 아니다.

그러나 너무나도 맥이 빠진다.

어디까지나 추측에 불과하니 어떻게든 마인에게서 증언을 받아낼 수 없을까?

“다시 마인을 붙잡아볼까.”

“안돼요.”

나도 모르게 생각이 입 밖으로 나오고 말았다.

그 말을 들은 시실리가 곧바로 반대 의사를 밝혔다.

아까 마인을 붙잡았던 것을 화냈었으니까…….

하지만 아까도 이것저것 추측할 수 있는 사실을 말했으니 뭔가 중요한 증언을 얻을 수 있을지도 모른다.

그렇게 생각해 시실리를 설득하려 했지만.

“아니요, 신 군의 이야기를 들으니 저도 마인을 심문하는 건 나쁘지 않은 방법이라는 건 알겠는데요…….”

시실리는 그렇게 말한 뒤 전장을 바라보았다.

“이제 남은 마인이…… 아, 지금 토니 씨가 쓰러드려서 전멸이네요.”

…….

아…… 더 빨리 행동했어야 했네…….

"흠…… 마인 쪽에 일어난 문제라……."

"그래, 확증은 없지만."

"그렇다면 전멸은 성급했던 건가……."

마인들을 전멸시키고 돌아온 오그에게 방금 했던 추측을 이야기하니 진지하게 생각에 잠겼다.

"아니, 그렇지 않아. 내가 너무 늦게 깨달았을 뿐이야."

"하지만…… 나는 전혀 깨닫지 못했다만……."

"그건 어쩔 수 없잖아. 전투 중이었으니까."

오그는 최전선에서 마인과 싸웠다.

싸우면서 생각하는 것은 무리겠지.

나는 회복 요원인 시실리를 호위하며 되도록 모두가 싸울 수 있도록 전투에는 적극적으로 참가하지 않았다.

딱히 마인을 얕본 것은 아니지만 모두를 믿고 있기도 했고, 생각해온 대응책이 정말로 효과적인지를 확인하기 위해서이기도 했다.

결과적으로 다들 충분히 마인과 싸울 수 있다는 것을 알게 됐으니 결국 나는 최전선에 나가지 않고 한발 물러나 전황을 지켜볼 수 있었다.

그래서 마인들의 행동을 객관적으로 살펴볼 수 있었다.

"듣고 보니 확실히 이상했지."

"어? 우리의 작전이 통한 거 아니야?"

"마인이 이상했다는 건 전혀 몰랐어."

내 이야기에 찬성하는 오그와는 다르게 앨리스와 린은 전혀 몰랐다고 한다.

"나도 특훈의 성과가 나왔다고 생각했어."

"저도 그렇습니다."

"소인도 그렇소이다."

토니, 토르, 율리우스도 앨리스에게 동의했다.

"그보다 그런 건 신만 알아차린 거 아니야?"

"마리아 말이 맞아. 전투에서 그런 걸 신경 쓸 여유가 있을 리 없잖아. 살아남는 것만으로도 필사적이었으니……."

마리아의 말을 미란다가 긍정했다.

혹시나 해서 유리, 마크, 올리비아를 보니 모두 미란다의 말에 동의하듯 고개를 저었다.

다들 마인이 이상하다는 것을 깨닫지 못한 것을 신경 쓰는 것 같은데…….

"신경 쓸 것 없어. 어디까지나 내 개인적인 감상이고 아무런 확증도 없으니까."

오그에게도 말했던 것처럼 목숨을 걸고 싸우는 도중에 알아차리는 것은 불가능에 가까운 이야기이니 신경 쓸 필요 없다고 덧붙였다.

오히려 마인과 싸우며 그런 생각을 했다간 공격당할 가능성도 있으니 오히려 알아차리지 못해 다행이라는 생각까지

든다.

"어쨌든 여기에 나타난 마인은 모두 처리했다. 앞으로 가지."

"그러자. 전투 시작 전에 들어본 이야기로는 이제 간부들 뿐이라고 하니까."

"그래. 마지막까지 얼마 남지 않았다."

나와 오그의 말에 모두가 끄덕였다.

아무래도 진짜 목적을 되새긴듯하다.

그렇게 우리는 구 제도, 마도의 문을 지났다.

"그나저나…… 정말로 아무런 기척도 없군."

사람이 없는 마도를 걷고 있을 때 오그가 그렇게 중얼거렸다.

"그래. 이렇게 커다란 도시가 텅 비어 있으니…… 그것만으로도 이상한 분위기네."

"여기는…… 주민이 몰살당한 거죠……."

대국의 수도라는 엄청나게 커다란 도시에서 고요함만이 감돌았다.

게다가 그 이유가 주민 몰살이라는 사실.

그걸 떠올리기만 해도 꺼림칙한 인상을 받았다.

마리아도 이 분위기에 휩쓸린 듯했다.

"으~ 빨리 여기서 나가고 싶……."

그렇게 말했을 때였다.

텅!

"으갸아!"

바람에 밀린 판자가 넘어지며 커다란 소리를 냈다.

그 소리에 놀랐는지 마리아가 비명을 지르며 주저앉았다.

"어, 마리아는 이런 거 싫어했어?"

"그, 그그, 그래! 그러면 안 돼?!"

"아니, 그냥 좀 의외여서."

"말해두겠는데 놀라게 하면 진짜로 마법 쏠거야! 통하지 않는다는 걸 알면서도 할거니까!"

"아, 알았어, 알았어. 그보다 이런 곳에서 그런 짓은 안 한다고."

"정말이지?"

"설마 이런 비상시에 그런 짓을 할까 봐. 그리고……."

여기에 살던 수만, 아니, 이 규모라면 십만을 넘을까?

그렇게 많은 사람이 죽은 곳에서 그런 짓을 하는 것은 불경하기 짝이 없잖아.

그 정도는 분별할 줄 안다고.

"신, 메시나. 장난은 그만해."

"따, 딱히 장난친 건……."

"왔다."

오그에게 혼난 마리아가 반론하려 했지만 이어지는 오그의 말로 번뜩 정신을 차리고 앞을 보았다.

시선 끝에는 폐허가 된 건물의 꼭대기.

그곳에는.

"너는…… 제스트!"

제스트라 불린 마인이 있었다.

제3장 슬픈 이유

우리 앞에 나타난 제스트 옆에 다른 마인이 한 명 더 있었다.

그쪽은 본 적 없는 녀석이었다.

"드디어 여기까지 도착했나."

"아~ 싫다니까요. 지금까지 했던 고생이 물거품이 됐어요."

차분한 제스트에 비해 옆에 있는 녀석은 상당히 경박해보였다.

"처음 뵙겠습니다, 얼티밋 매지션즈 여러분. 뭐, 나는 처음이 아니지만."

"뭐?"

처음은 아니지만, 처음 뵙겠습니다?

그게 무슨…….

"설마?!"

"오, 알아차렸어? 지금까지 너희를 계속 지켜봤거든. 전혀 알아차리지 못 해줘서 일하기 편했어."

"네가……."

나는 제스트의 옆에서 이쪽을 놀리는 표정으로 바라보는

마인을 노려보았다.

이 녀석은 우리를 줄곧 지켜봤다.

그렇다면 뒤에서 여러 사건을 암약한 것이 이 녀석.

다시 말해.

"네가 예카테리나 씨를 습격한 진범인가?!"

"뭐, 보통은 알아차리겠지. 아~ 잘 풀렸다 싶었는데. 뭐야, 그거? 장거리 통신이라든가 전이 마법이라니, 치사하잖아."

"너!"

"오? 뭐야, 화났어?"

"당연하지!"

이 자식!

사람을 죽이려 해놓고서 저 말투는 뭐야!

"하, 그렇게 화내지 마. 화내고 싶은 건 오히려…… 이쪽이니까!"

내게 계획이 저지된 것을 떠올렸는지 마인이 갑자기 화를 냈다.

"침착해라, 로렌스. 이미 지난 일이다. 그것보다 지금은 슈투름 님의 바람을 이뤄드리는 것이 먼저다."

"……알고 있습니다."

화낸 마인, 제스트가 로렌스라고 불렀으니 아마도 그것이 저 녀석의 이름이겠지.

그 녀석을 제스트가 달랬다.

그보다 제스트 녀석, 지금…….

"슈투름의…… 바람?"

내 목소리가 들렸는지 제스트가 나를 보았다.

그 얼굴에는…… 분노나 증오가 아닌, 마치 모든 것을 포기한 듯한 표정이었다.

그 옆에서 로렌스도 괴로운 얼굴을 했다.

대체…… 뭐지?

"후우, 이런. 말이 좀 많았다."

"잠깐! 슈투름의 바람이라는 게 뭐지?!"

이야기를 멈추려는 제스트에게 오그가 물었다.

그러나.

"말했을텐데, 말이 좀 많았다고. 더 이상 할 말은 없다."

"그렇다고 그냥 넘어갈 수는 없지!"

"그럼…….

제스트는 그렇게 말한 뒤 자세를 낮추고.

"재주껏 알아내봐라!"

이쪽을 향해 돌진했다.

"오그! 이 녀석은 내가 상대할게! 너는 로렌스를!"

"알았다!"

이렇게 나와 제스트, 로렌스와 오그의 싸움이 시작됐다.

◆

"네 상대는 나다!"

제스트에 이어 공격해온 로렌스의 앞을 가로막은 것은 신이 지명한 아우구스트였다.

자신의 진로를 가로막은 아우구스트를 본 로렌스는 입가를 히죽였다.

"왕자님께서 상대해주신다니 나도 참 대단해졌어!"

로렌스는 그렇게 외치며 아우구스트에게 선제공격으로 불 마법을 쏘았다.

""전하!""

호위인 토르와 율리우스가 소리쳤지만 아우구스트는 마력 장벽으로 로렌스의 마법을 막아냈다.

"너희는 오지 마라! 이 녀석은 내가 맡는다!"

"하, 하지만!"

토르는 포기하지 않았지만 아우구스트는 그 말을 일부러 무시한 채 장벽으로 로렌스의 마법을 막으며 새로운 마법을 발동했다.

"하앗!"

"뭐?! 장벽을 유재한 채로?!"

아우구스트가 마법을 막는 사이에 뒤로 돌아가 공격하려 했던 로렌스는 예상치 못한 반격을 아슬아슬하게 피했다.

"제길…… 알고는 있었지만 강하네…… 정말로 왕자님 맞아?"

"후, 입장은 상관없다. 지금 여기 있는 것은…… 마인과 그것을 토벌하는 인간뿐이다!"

아우구스트는 그렇게 말한 뒤 계속해서 양손으로 여러 속성 마법을 발사하기 시작했다.

"왜 그러냐, 로렌스. 마인들의 간부가 그 정도인가?!"

"젠장!"

필사적으로 도망치는 로렌스에 비해 아우구스트는 지금껏 본 적이 없을 정도로 호전적이었다.

어째서일까?

아마도 신은 제스트가 습격했을 때 반사적으로 아우구스트의 이름을 불렀을 것이다.

이런 급박한 사태에서 자신도 모르게 이름을 부르는 상대.

그것은 틀림없는 신이 보내는 신뢰의 증거이다.

신에게 인정받았다.

그렇게 느낀 아우구스트는 몸 안쪽에서 솟아오르는 벅찬 감정을 감추지 못했다.

"제길!"

로렌스도 아우구스트가 발사한 수많은 마법을 피하며 반격을 시도했다.

그러나 아우구스트와는 다르게 마법을 동시 기동할 수 없는 로렌스의 공격은 단조로웠다.

그렇다 보니.

"핫!"

한 손으로 마법을 발사하며 다른 손으로 장벽을 펼치는 아우구스트에게 간단히 막히고 말았다.

"하앗!"

자신이 아무리 공격해도 마력 장벽으로 간단히 막히고 마법을 발사한 빈틈을 노려 공격해온다.

잠시도 방심할 수 없는 상황에 로렌스는 벌써 어깨를 들썩이며 가쁜 숨을 내쉬기 시작했다.

그러자 그런 로렌스를 본 아우구스트는 씩 웃으며 그와 어울리지 않게 비꼬는 표정을 했다.

"정말이지 허술하군. 마인의 간부가 고작 이 정도인가?"

확연하게 자신을 내려다보는 태도.

대국의 왕태자라는 입장도 뒤섞여 아우구스트의 그 태도는 간단히 로렌스의 분노를 샀다.

"시끄러워! 아무런 고생도 모르는 도련님이! 깔보지 말라고!"

"……!"

격앙한 로렌스가 사용한 마법은 아우구스트가 두 손으로 마력 장벽을 이중으로 펼칠 정도의 위력을 보였다.

"고생한 적도 없고! 편안하게 살아온 네게! 우리를 깔볼 자격은 없어!"

방금까지 도망치던 로렌스가 돌변해 높은 위력의 마법을

계속해서 연발하기 시작했다.

"읍!"

그것을 자신의 마력 장벽과 신에게서 받은 액세서리형 방어 마도구의 장벽을 함께 구사하며 막아내는 아우구스트.

그러나 로렌스의 공세는 멈추지 않았다.

"스이드 습격도! 크루트 습격의 판을 짜둔 것도! 그 욕심쟁이 대사교를 부추긴 것도! 아무것도 몰랐던 얼간이 주제에!"

"뭐라고?!"

격앙하며 소리치는 로렌스의 말에 아우구스트가 반응했다.

"그게 슈투름의 지시였다는 뜻인가?!"

"슈투름 님이 아니야! 제스트 님이다!"

로렌스는 어지간히 흥분한 모양이었다.

아우구스트가 몰랐던 사실을 줄줄이 털어놓기 시작했다.

"그렇게까지 뒤에서 움직였으면서 어째서 이제야 전면전을 벌이는 거지?! 대체 무슨 생각인 거냐?!"

"슈투름 님의 생각을 내가 어떻게 알겠어!"

서로 마법을 발사하고, 막고, 피하면서 설전을 벌이는 아우구스트와 로렌스.

고양감을 느끼면서도 비교적 냉정한 아우구스트에 비해 로렌스의 흥분은 가라앉지 않았다.

사실 아우구스트가 로렌스를 깔보는 태도를 보인 것은 계산된 행동이었다.

전에 쓰러뜨린 마인들은 전부 제국의 평민 계급이었다.

제국의 평민이라면 귀족들의 착취 대상.

그렇기에 마인의 힘을 얻은 평민들은 황제, 귀족을 몰살했다.

그렇다면 지금도 슈투름을 따르는 로렌스 일행은 아마도 평민 출신이었을 거라고 판단한 아우구스트.

그래서 아우구스트는 그들이 가장 증오하는 건방지고 아니꼬운 왕자를 연기해 로렌스를 부추기려 했다.

그 결과 로렌스는 아우구스트의 계획에 그대로 넘어가 격앙.

흥분 상태에 빠져 아우구스트가 몰랐던 것까지 이야기하고 말았다.

지금까지 몰랐던 사실을 들을 수 있었던 것은 괜찮은 수확이었지만, 이번 결전에 대해서는 이야기를 들을 수 없을 것 같았다.

그렇게 판단한 아우구스트는 전법을 바꾸기로 했다.

"하앗!"

"얕보지 마라!"

아우구스트가 사용한 것은 물 마법.

딱히 고압으로 모은 것도 아닌, 그저 대량의 물로 휩쓸려는 듯한 아우구스트의 마법을 본 로렌스는 피하지 않고 마력 장벽을 펼쳐 막았다.

"이런 마법으로 내가…… 마인이 쓰러질 거라고 생각했다면 오산이다!"

"딱히 이걸로 쓰러뜨리려던 건 아니다만."

"뭐?!"

"하앗!"

아우구스트가 뒤이어 발사한 것은 아우구스트의 대명사라 할 수 있는 번개 마법.

그러나 그 마법은 로렌스를 피해가도록 발사됐다.

"어딜 노리…… 카아악!"

로렌스가 피했다고 생각한 순간, 로렌스의 온몸에 번개가 통했다.

"마, 말도 안 돼…… 마법은 빗나갔을 텐데……."

제대로 방어도 하지 못하고 번개로 온몸이 그을렸기에 무릎을 굽히며 쓰러진 로렌스에게 아우구스트가 다가갔다.

"몰랐나? 번개는 물에 잘 통하지."

"뭐…… 뭐냐, 그건…… 그런 건…… 들어본 적 없어……."

"나도 몰랐다만 신이 알려줬다."

"제길…… 신 월포드…… 끝까지 우리를…… 방해하다……니……."

원통한 듯이 중얼거리는 로렌스에게 아우구스트는 방금 로렌스가 한 말을 반론했다.

"아까 너는 내가 편안하게 자란, 고생을 모르는 도련님이라고 했지?"

"사실…… 이잖아…… 왕자님이니까……."

"제국은 어땠는지 모르겠지만, 우리나라는 너무 평범하면 왕위를 이을 수 없다."

"……."

알스하이드의 왕위는 장자 계승이 아니다.

왕자, 왕녀 중에서 재능이 있다고 인정받은 자만이 왕위에 오를 수 있다.

그래서 아우구스트는 입태자 의식이 열릴 때까지 왕태자라고 하지 않았다.

"잠자는 시간도 아껴가며 공부하고 피를 토할 정도로 마법 훈련을 했지."

그런 아우구스트의 말에 항상 가까이에서 지켜봤던 토르와 율리우스는 침통한 표정을 했다.

당시의 아우구스트를 떠올렸을 것이다.

"그렇게 노력해왔다. 방금 너를 쓰러뜨린 마법도 그렇지."

"월포드에게……."

"그래. 신을 만나서 나는 더욱 성장할 수 있었다. 앞으로도 공부를 그만둘 생각은 없다. 조금이라도 그 녀석에게 다가가고 싶으니까."

"……."

"그에 비해 너희는 어떻지? 자신의 입장에 불만을 품은 끝에 마인화를 받아들이다니…… 그런 놈들에게 내가 당할 이유는 없다."

"네가 뭘 안다고…… 떠들어……."

아우구스트가 내려다보는 시선을 느낀 로렌스는 빈사 상태임에도 마지막 힘을 짜내 반항했다.

"네가 뭘 알겠어…… 고작 평민이라는 이유로 아무리 노력해도…… 결과를 내도 인정받지 못하는 분함을…… 고작 평민이라는 이유로 무능한 귀족들이 좋을 대로 부려먹는 분노를…… 고작 평민이라는 이유로……."

로렌스는 자신의 안에 있는 분노를 토해내듯 말했다.

"모든 것을 빼앗긴 분노를……."

"……."

"제국에서 우리 평민은…… 인간이 아니야. 가축이나 마찬가지다……."

로렌스가 토해낸 증오는 아우구스트가 압도될 정도였다.

"그런 우리를 구해주신 분이 슈투름 님이다. ……그분은 오랫동안 쌓였던 우리의 증오를 풀 수 있도록 도와주셨지…… 그리고…… 우리를…… 인간으로 만들어주셨다……."

"무슨…… 너희는 마인……."

"흥…… 과정이 어떻든 아무래도 좋아…… 슈투름 님께서…… 우리를…… 가축에서 인간으로 만들어주셨다……."

로렌스의 말로 아우구스트는 깨달았다.

마인들이 자신의 목숨을 버리면서까지 슈투름의 명령을

따른 이유를.

그들은 슈투름에게 처음으로 자신의 가치를 인정받았다.

슈투름은 제국을 없애기 위해 그들을 필요로 했다.

설령 그것이 슈투름의 장기 말에 불과하다 해도.

지금까지의 부조리한 대응이 아닌, 같은 목표를 바라는 동지로서.

그들은 처음으로 누군가에게 필요한 존재가 되었다.

"그래서…… 나는…… 우리는…… 슈투름 님의 명령을 반드시 수행한다…… 슈투름 님이 죽으라고 하신다면……."

로렌스는 그렇게 말하며 상반신을 일으켜…….

"기쁘게 죽어주마!"

그렇게 외치며 마지막 힘을 짜내 아우구스트에게 돌진했다.

"……!"

로렌스가 토해내는 증오에 압도됐던 아우구스트는 순간 대응이 늦어져 기사회생의 일격을 맞게 되는가 싶었던 그때.

"전하!"

줄곧 로렌스의 상태를 살피던 토르가 로렌스를 향해 바람 칼날을 쏘았다.

"크헉!"

몸을 내던져 자살 공격하려던 로렌스는 토르의 바람 칼날을 정통으로 맞고서 다시 쓰러졌다.

"하, 하하…… 결국 이렇게 되나…… 싱겁네……."

"……."

"슈투름 님…… 먼저…… 지옥에서…… 기다리…… 겠……."

로렌스는 마지막으로 그렇게 중얼거리고는 그대로 숨이 멎었다.

"전하."

"……고맙다, 토르. 덕분에 살았어."

"아니요, 그게 제 임무니까요."

"그나저나……."

아우구스트는 그렇게 말하며 슈투름에게 이상할 정도로 충성심을 보이던 로렌스를 내려다보았다.

"무서울 정도의 충성심이었군."

"네. 저도 전하를 지키기 위해서라면 목숨을 바칠 각오가 됐습니다. 하지만……."

토르도 아우구스트와 마찬가지로 로렌스를 보았다.

"이렇게 의미도 없이 죽는 것은 견딜 수 없습니다."

"제국의 어둠이 그렇게까지 깊었던 건가……."

"……."

직접 보게 된 마인들의 현실에 아우구스트와 토르는 정말이지 씁쓸한 심정이 들었다.

그리고 아우구스트는 신경 쓰이는 점이 있었다.

"먼저 지옥에서 기다린다고? 그 말은 마치……."

아우구스트는 생각했다.

그건 마치 슈투름도 로렌스의 뒤를 따른다는 뜻이 아닌가 하고.

◆

나는 제스트가 사용한 마법을 마력 장벽으로 막으며 오그 쪽을 살폈다.

오그와 싸우는 로렌스가 소리친 말이 신경 쓰였기 때문이다.

"뭐라고……? 지금까지 있었던 일이 모두 이 녀석들이 한 짓이야?"

어떻게 된 거지?

마인령 공략 작전때 토벌한 마인은 슈투름이 의욕을 완전히 잃었다고 했었는데.

"어딜 보나? 신 월포드!"

"큭!"

오그와 로렌스의 대화에 정신이 팔린 틈에 접근한 제스트가 나이프를 휘둘렀다.

재빨리 피해 제스트와 거리를 확보.

위험해라.

하지만 나도 모르게 의식이 쏠릴 정도의 이야기였다.

"너희…… 아니, 네가 지금까지 전부 뒤에서 조종했다는 거야?"

"이것 참. 로렌스 녀석, 쓸데없는 소리를……."

내 질문에 제스트는 로렌스를 향해 투덜거렸지만 부정하지는 않았다.

"어떻게 된 거지? 슈투름은 제국을 없앤 이후로 모든 의욕을 잃어버린 것 아니었어?"

내가 그렇게 말하자 제스트는 한숨을 쉬었다.

"무능한 놈들. 도움이 되지 않는 것뿐만 아니라 쓸데없는 정보까지 누설하다니."

"무, 무능? 사이가 틀어졌다지만 예전 동료를 무능하다고?"

"동료? 웃기는군. 슈투름 님께 힘을 받은 은혜도 잊고 제멋대로인 욕망을 위해 폭주한 놈은 동료도 뭐도 아니다."

"……그 녀석들을 이용해 스이드나 크루드를 습격한 것 아니었어?"

"그렇게 되도록 유도했을 뿐이다."

"그러니까 그게 무슨 의미가 있는 거야?"

내가 그렇게 말하자 제스트는 입가를 일그러뜨리며 웃었다.

"너희의 역량을 알아보기 위한 재료였다."

"재, 재료?!"

"덕분에 좋은 정보를 얻었지. 네 약혼자…… 시실리라고 했던가, 그 여자가 네 약점. 만약 다치기라도 한다면 너는……."

"네가!"

"어이쿠."

이 녀석 때문에!

시실리는 두 번이나! 위험에 처했다는 거야?!

나는 제스트가 말하는 도중에 마법을 발사했지만 녀석은 간단히 피했다.

제길!

흥분한 나머지 단조롭게 공격했어.

내 마법을 피한 제스트는 그대로 나에게 돌진했다.

"크!"

"어떻게 된 거냐, 신 월포드. 네 검은 검성이 직접 가르친 것 아닌가? 밀리기만 하는군."

"시끄……러워!"

미셸 아저씨의 훈련은 항상 검과 검을 맞대는 형식이었다.

나이프를 사용한 훈련은 거의 없었다.

동네 건달 수준이라면 모르겠지만 이 녀석은…… 상당한 실력자다.

제스트는 내 간격 안으로 파고들어 나이프를 휘둘렀다.

그것은 나이프의 거리라 검으로 대응하기에는 너무 짧았다.

어떻게든 거리을 벌려야 하는데!

"……! 이런 근거리에서 폭발 마법이라고?!"

"이얏!"

"큭!"

제스트는 눈앞에서 발동한 폭발 마법을 보고 놀라며 거리를 벌렸다.

이것이 일반적인 반응이다.

이쪽 세계의 마법은 게임의 마법과는 다르다.

자신의 마법이라도 휘말리면 충격을 받는다.

엄청나게 가까운 거리의 상대에게 폭발 마법을 사용한다는 것은 자폭과 같은 의미다.

그러나 그것은 내게 적용되지 않는다.

내게서 거리를 벌려 마법을 피한 제스트가 얼굴을 찡그리며 입을 열었다.

"그렇군…… 스이드, 크루드에서 사용한 이상한 마법……."

"……정말 전부 지켜본 건가……."

나는 스이드와 크루드에서 마인을 토벌하기 위해 지향성 폭발 마법을 사용했다.

그 전투를 뒤에서 조종했다면 전투 상황을 지켜봤어도 이상하지 않지만.

"그 자리에서 피했으면 좋았을 걸 그랬군. 자폭인가 싶어 반사적으로 물러나고 말았어."

그러고 보니 이 녀석은 군인이라고 했었지.

몸에 밴 전투 기술이 오히려 독이 된 모양이네.

"이제 파고들게 놔두지 않아!"

"그거 곤란하군. 나는 검을 잘 다루지 못해 거리가 벌어지면 아무것도 하지 못하거든!"

"쳇! 또!"

제스트는 이번에도 내 거리 안쪽으로 파고들려고 돌진했다.

이 이상 거리가 좁혀지기 싫었던 나는 검을 크게 휘둘러 제스트가 간격 안으로 침입하는 것을 막았다.

"치잇!"

"넌 군인이었잖아? 검이 아니라 나이프를 휘두르는 군인도 있어?!"

"후, 어린애니 모르는군. 군인은 기사나 마법사만 있는 게 아니다!"

이 녀석…… 질리지도 않고 또!

"접근하게 놔두지 않겠다고 했지!"

"으윽!"

돌진하는 제스트에게 이번에는 지면에서 말뚝이 솟아나게 해 발을 묶었다.

기사나 마법사가 아닌 군인은…… 그렇다면.

"첩보 부대……."

"호오? 역시 머리도 좋군."

그렇다면 이 녀석의 재빠른 움직임도 이해가 된다.

전생에서처럼 통신 수단이 아직 발달하지 않은 이쪽 세계에서는 첩보 활동에서 재빠른 몸놀림은 필수.

그나저나…… 마인이 되어 다양한 능력이 올랐다지만 이렇게 우수한 첩보부대원이 어째서 제국을 배신한 거지?

그리고 처음 만났을 때 다른 마인은 제스트를 대장님이라고 말했잖아.

그렇다면…….

"넌 첩보 부대의 대장이지? 다른 마인이 따른다는 건…… 다른 마인들도 첩보 부대였나?"

"이것 참…… 그렇게 짧은 대화로 거기까지 추측하다니…… 버거울만하군."

"대체 얼마나 많은 인원이 슈투름 쪽에 붙었지?"

"……전원이다."

"뭐야?"

첩보 부대 전원이 제국을 배신했다고?!

"말도 안 돼! 첩보 부대라면 군에서도 가장 중요한 부대일 텐데, 그 전원이 배신하다니!"

내가 소리치자 제스트는 자조적인 미소를 떠올렸다.

"설마 적이 우리를 높게 평가할 줄이야…… 아이러니하군."

"뭐?"

"신 월포드. 우리 첩보 부대가 제국에서 뭐라고 불렸는지 아나?"

"몰라."

"……쥐새끼다."

"쥐……."

쥐새끼?

“힘으로 적을 억누르는 기사도 아니고 화려한 마법으로 적을 섬멸하는 마법사도 아닌, 땅을 기며 남몰래 적의 약점을 살피는 우리를…… 쥐새끼라고 부르더군.”

뭐, 뭐야, 그게…….

“부하들이 목숨을 걸고 적국의 정보를 손에 넣어도 군의 상층부를 차지한 귀족들은 욕설부터 했지. 『슬금슬금 오물에 뒤섞여 사람의 약점을 찾는 행위는 평민에게 딱 어울리는 군』, 『태생이 미천한 네놈들은 나와 말을 섞는 것만으로도 명예로운 일이다』, 『이용해주는 것만으로도 고마워해라』……그렇게 우리를 잔뜩 모욕한 뒤에 정보만 전부 가져갔다.”

“…….”

아까 로렌스에게 쓸데없는 소리를 했다던 제스트의 말이 멈추지 않았다.

나는 줄곧 냉정했던 제스트가 원한을 토해내듯 말을 이어나가는 광경에 어떠한 말도 할 수 없었다.

“임무 중에 부하가 죽어도 놈들은 아무렇지도 않았지. 우리 평민은 망가져도 얼마든지 보충할 수 있는 도구로 여겼으니까!”

“그래서 너는…….”

“그래! 부하들을 그 괴로움에서 해방시켜주고 싶었다! 쥐새끼에서…… 인간으로 만들어주고 싶었다!”

“그 결과가 이거냐! 결국 슈투름도 너희를 도구로만 여기는 거잖아!"

"시끄럽다!"

제스트 일행의 너무나도 무참한 결과에 소리치지 않을 수가 없었다.

그러나 제스트에게서 돌아온 것은 나 이상의 절규였다.

"네놈이 뭘 알아?! 현자와 도사라는 최고의 조부모에게서 충분한 애정을 받고! 주변에도 좋은 사람들이 가득했고! 행복한 인생을 살아온 네가 우리에 대해서 뭘 안다는 거냐!"

"그, 그건……."

제스트의 말에 나는 아무 말도 할 수 없었다.

"업신여기고! 깔보고! 빼앗기기만 하고! 결국엔 버려지는! 그런 우리의 심정을 알 리가 없지!"

"……."

"슈투름 님만이 우리를 필요로 해주셨다! 우리가 가져오는 정보를! 제국 상층부의 바보들에게 거짓 정보를 흘리는 것을! 제국을 혼란에 빠뜨리기 위해 정보에 혼란을 준 것을! 슈투름 님만이 필요로 해주셨다!"

제스트는 그렇게 말한 뒤 천천히 나이프 자세를 고쳤다.

"슈투름 님께선 우리의 구세주이시다! 그런 슈투름 님의 뜻이라면 우리의 목숨 따위……."

그렇게 말한 제스트는 다시 이쪽으로 돌진했다.

"얼마든지 버려주마!"

"크! 이게!"

다시 나이프로 공격해오는가 싶었지만 이번엔 마법을 발사했다.

그 마법을 간신히 마력 장벽으로 막자 그대로 나이프를 휘둘렀다.

"쳇! 하앗!"

나이프는 작아서 검으로 막기 어렵다.

그래서 나이프는 피하고 반격으로 바이브레이션 소드를 휘둘렀다.

그러나 제스트는 그 공격을 허리를 굽혀 피하고서 나이프를 위로 올려 쳤다.

"제길, 재빠르긴!"

"왜 그러냐, 신 월포드! 더 춤춰라! 우리 주인님의 마지막 무대에 어울리도록 더욱 춤춰 보아라!"

"뭐?!"

슈투름의 마지막 무대?

"무슨 뜻이지?!"

"말했을 텐데! 알고 싶다면 강제로 알아내라!"

제스트는 그렇게 외친 뒤 계속해서 공격했다.

그 공격을 아슬아슬하게 피하며 바이브레이션 소드를 휘두르자 처음으로 그 공격이 제스트의 오른쪽 어깨에 들어갔다.

"크…… 크아앗!"

"뭐?! 이 녀석?!"

바이브레이션 소드가 어깨를 파고들어 제스트의 오른쪽 팔이 어깨에서 떨어져 나갔다.

그런데도 이 녀석은 돌진을 멈추지 않았다.

이 녀석…… 방어를 완전히 포기하고 공격하고 있어!

이건…….

"특공이냐……."

자신의 목숨을 포기하는 자살 공격.

실제로 지금도 왼손으로 나이프를 바꿔 들고서 계속해서 공격했다.

"신 월포드!"

그렇게 외치며 나이프를 휘둘렀지만…… 원래 오른손잡이였는지 움직임이 뻣뻣했다.

나는 내렸던 팔을 위로 쳐올려 제스트의 왼팔도 떨어뜨렸다.

"크으…… 아아아아아!"

그런데도 돌진을 멈추지 않는 제스트에게 나는…….

올렸던 검을 그대로 돌려 아래로 내리쳤다.

"커억……."

"……."

왼쪽 어깻죽지에서 오른쪽 허리까지 잘린 제스트는 그제서야 돌진을 멈추고 지면에 쓰러졌다.

나는…… 지금까지 인류의 위협으로만 여겨졌던 마인이 평범한 피해자로만 보여서 무어라 말할 수 없는 심정으로 쓰러진 제스트를 바라보았다.

"신 군!"

"신!"

제스트가 쓰러져 전투가 끝났다고 판단했는지 시실리와 마리아를 포함한 아이들이 이쪽으로 달려왔다.

"신 군! 다치지 않았나요?!"

"응, 괜찮아."

여전히 나를 제일 먼저 걱정하는 시실리.

어쩌면…… 이 녀석들은 제국에게 이런 존재까지 빼앗겼던 걸까?

만약 내가 시실리를 빼앗긴다면…….

과거에 건달에게서 시실리를 넘기라는 말을 들었던 일을 떠올렸다.

나는 그렇게 되지 않았지만 이 녀석들은 실제로 빼앗겼는지도 모른다.

"시, 신 군? 왜 그래요?"

"어? 아, 아니. 아무것도 아니야."

"……?"

가만히 얼굴을 들여다봤기 때문인지 시실리의 얼굴이 살짝 붉어졌다.

그리고 말을 흐린 나에게 알 수 없다는 표정을 보이는 그 행동까지 모두가 사랑스러운 여성.

그런 존재를 빼앗긴다면…… 이들처럼 모든 것을 없애고 싶어질지도 모른다.

어쩐지 이 녀석들을 동정하게 됐다.

그러나 분명 우리 인류에게 적의를 보이고 인류를 멸망시키겠다고 선언한 마인들이다.

토벌하지 않을 수는 없다.

그런 복잡한 마음을 품고 있으니 발밑에서 갈라진 목소리가 들렸다.

"역시…… 우리로는…… 상대가 안 되나……."

"제스트."

"흐…… 이겼으면서 그 표정은 뭐냐……."

빈사인 제스트에게 복잡한 감정을 품었지만 이 녀석들은 인류를 위협하는 적이라는 것을 떠올렸다.

"말해라, 슈투름의 목적을."

"슈투름 님의…… 뜻……이라……."

제스트는 잠시 뜸을 들인 뒤 이렇게 말했다.

"그런 건…… 모른다……."

"모, 모른다고?!"

말도 안 돼!

"어째서지?! 목적도 모르는데 어째서 목숨을 버릴 수 있지?!"

내가 그렇게 소리치자 제스트는 짧게 웃었다.

"그건…… 말이다, 신…… 월포드…… 우리에게……."

"너희에게, 뭐지?"

"……우리에게…… 미래가…… 없기…… 때문이……다……."

"마인에게 미래가 없다고?! 무슨 뜻이지?!"

제스트가 한 말의 뜻을 알 수 없어 되물었지만.

"……늦었어요, 신 군. ……이미…… 숨이, 멎었어요……."

"제길!"

제스트를 쓰러뜨리면 슈투름의 진의를 알 수 있을 줄 알았는데!

하지만…… 진의는 몰라도 마인들의 행동이 전과는 다른 이유를 알게 됐다.

"신!"

드디어 마인들의 행동 변화에 대해 결론이 나자 로렌스를 쓰러뜨린 오그가 합류했다.

"어떻게 됐지? 뭔가 알아냈나?"

"조금은. 마인들의 행동 이유를 알아냈어."

"뭐?!"

나는 오그에게 제스트가 남긴 말을 전했다.

"미래가 없다고……."

"그래. 무슨 일이 일어났는지는 모르겠지만…… 마인들의 미래에 뭔가 절망적인 일이 일어났어."

"그리고 미래가 사라진 탓에 자포자기가 됐다는 건가……."

"아마도."

나와 오그는 제스트의 시신을 보며 서로 무어라 말할 수 없는 심정이 들었다.

"……인류의 위협을 없애려 했다만……."

"그래…… 이 씁쓸한 뒷맛은…… 대체……."

그래도 한 가지 알게 된 사실이 있다.

"슈투름의 마지막 무대라니…… 무슨 뜻일까……."

그런 내 말에 아무도 답하지 않았다.

"어쨌든 모르는 걸 계속 고민해봐야 소용없지. 이제 남은 마인은 슈투름 한 명뿐이다. 그만 가지."

"그래."

무거워진 분위기를 떨치듯 오그가 말했다.

무척이나 씁쓸했지만 적의를 보이며 공격해온 이상, 타도해야할 적이다.

나는 그렇게 마음을 다잡기로 했다.

제스트와 로렌스라는 마인들의 간부를 쓰러뜨렸으니 이제 남은 것은 적의 우두머리, 슈투름 뿐.

드디어 끝을 낼 수 있다.

이제 와서 이유를 알아봤자 어쩔 도리가 없다.

그렇다면 계속 나아가 슈투름을 쓰러뜨리고 세계에 평화를 되찾는다.

그렇게 생각한 우리는 결국 슈투름의 진의를 모르는 채 계속 나아가게 됐다.

뭐, 슈투름의 진의를 알아낸다 해도 슈투름은 우리를 공격하는 것을 그만두지 않겠지.

그럼 여기서 질질 생각해봐야 소용없다.

우리는 슈투름이 있을 구 제도의 성으로 갔다.

색적 마법을 전개하며 마도를 걸었지만 마지막으로 남아 있었을 제스트 일행을 쓰러뜨렸으니 아무런 반응이 없었다.

우리는 말없이 걸었지만 침묵을 견디지 못하게 된 나는 오그에게 말을 걸었다.

"저기, 제국의 평민은 왜 그렇게 학대받은 거야?"

"아, 나도 궁금해. 수업에서는 거기까지 알려주지 않았으니까."

내 의문에 앨리스도 동의했다.

주위를 보니 다들 오그를 바라보았다.

아, 나뿐만이 아니라 다들 몰랐구나.

이건 상식이 아닌 걸까?

"이유를 물어도…… 당사자인 제국민이 살아 있다 해도 명확하게 대답할 수 없을 거다. 다만…… 아마 그게 아닐까 싶은 추측은 있지."

"어떤 건데요?"

마리아가 오그에게 물었다.

"예상이지만 제국의 성립 자체에 문제가 있다고 생각한다."

"성립이요? 아마 제국은 처음엔 작은 나라였지만 주변국을 차례로 정복해 지금의 제국이 된 거죠?"

올리비아의 말은 나도 알고 있다.

수업에서도 배웠으니까.

"그래. 그럼 제국이 그 정복한 나라를 어떻게 통치했는지 알고 있나?"

"정복한 지역에 주둔군이 파견됐었던가요?"

토니의 말에 오그가 끄덕였다.

"그래. 제국의 바탕이 된 나라에서 파견된 주둔군은 패전국 사람들을…… 노예로 다뤘다고 하더군."

오그의 말에 시실리가 경악했다.

"그, 그런 대우였나요?!"

"그건…… 수업에서 안 배웠습다."

마크의 말대로 고등 마법 학원에서 배운 역사 수업에서는 타국이라는 점도 있어 그렇게 자세한 내용을 알려주지 않았다.

기껏해야 제국은 주변 나라를 차례차례 침략해 영토를 확장했다는 것뿐.

의외라는 반응을 보이지 않은 것은 토르와 율리우스뿐이었다.

"두 사람은 알고 있었나?"

NOVEL

현자의 손자 11권
©Tsuyoshi Yoshioka 2019
Illustration : Seiji Kikuchi
KADOKAWA CORPORATION
[NOT FOR SALE]

"네. 전하께서는 언젠가 국왕이 되시어 주변국과 교류하게 될 테니까요."

"타국의 역사를 자세히 아는 것은 당연히 필요하외다."

최근 두 사람을 보면 자꾸 잊어버리지만 토르와 율리우스는 오크의 시종 겸 호위.

오그가 국왕의 자리에 오른 후에도 그 관계는 지속된다.

그러니 오그에게 도움이 되도록 주변 정보를 알아둘 필요가 있는 건가.

"그리고 그 주둔군의 사령관이 그대로 그 나라를 다스리는 대귀족이 되고, 그 부하들이 지방을 다스리는 귀족이 된다. 지배한 나라의 인간을 노예로 다룬 채로."

"그렇다면~ 귀족들이 평민을 노예로 다뤘다는 건가요~?"

"그래. 아마 몇 세대에 걸쳐 그런 대우가 이어진 결과 평민은 귀족의 소유물이니 어떻게 대해도 상관없다는 생각이 만연했을 거다. 뭐…… 아까도 말했던 것처럼 억측에 불과하다만."

그렇구나.

전쟁에서 진 당시의 사람들은 노예라는 입장을 받아들였을 것이다.

자신들은 전쟁에서 졌으니까.

그러나 세대가 바뀌고 전쟁을 모르는 세대가 되면 이야기는 달라진다.

자신들은 귀족들에게 불합리한 대우를 받을 이유가 없다.

설령 입장 차이가 있다 해도 도저히 받아들일 수 있는 이야기가 아니다.

그런 울분이 결국 폭발했다는 건가…….

"저기, 평민들이 귀족에게 원한을 품었기에 마인이 되어 귀족에게 복수했다는 건 알겠어. 하지만 지금까지 그런 반란이 일어난 적이 없었어? 제스트의 원한은…… 상당하던데."

"로렌스도 그랬지. 뭐, 반란을 하고 싶어도 그럴 수 없었다는 것이 정답일 거다."

"그럴 수 없었다고?"

"그래. 제국은 평민들에게는 철저하게 교육을 통제했으니까."

"교육을?"

"음. 교육을 받을 수 없으니 불합리함을 느껴도 어떻게 대처를 해야할지 생각하는 지혜가 부족하지. 지혜가 부족하니 조직적인 반란을 일으킬 수 없다."

그런 뜻인가…….

"지금까지도 반란 자체는 있었다더군. 그러나 평민들이 받지 못한 교육에는 전투 기술도 포함된다. 전투 훈련을 받은 군대와 초보자 집단. 초보자에게 승산이 있을 것 같아?"

"……그렇게 계속 진압한 건가……."

"그런 거다. 그렇게 힘으로 억눌러온 결과…… 평민들은 저항할 기력조차 잃고 그저 귀족들에게 착취당하는 존재가 됐다는 것이 우리의 견해다."

오그는 어디까지나 추측이라고 말했지만 그 발언에는 확신에 가까운 것이 있었다.

아마도 제국의 상황까지는 조사했을 것이다.

그것이 이번 로렌스의 말로 확신을 얻었다……는 걸까.

그나저나 속이 뒤집히는 이야기다.

이쪽 세계에는 전시국제법이라는 것이 없다.

전쟁에서 이긴 나라는 패배한 나라를 어떻게 다뤄도 상관없다.

그러나 보통은 패배한 나라의 국민을 노예로 다루지는 않는다.

법률적으로 명문화되지 않았지만 그러한 행위는 인도적이지 않기 때문이다.

그러나 구 제국은…… 그것을…… 비인도적인 행위를 했다.

패배한 나라 그 자체를 노예로 다뤘다.

그야 당연히 원망하겠지.

거기서 나는 어떤 의문을 품었다.

"저기, 전에 알스하이드와 전쟁이 벌어졌을 때가 있다고 했었는데, 제국에도 마물 헌터는 있었지? 그것도 귀족이었어?"

"설마. 그런 힘든 일은 당연히 평민의 일이지."

"그럼 평민도 전투 기술을 배우는 거 아닌가?"

"제국의 헌터 협회는 특별했거든. 완벽한 국영이었지."

"그 말은……."

"헌터들의 모든 정보를 나라에서 파악하고 있었다더군."

"그렇다면 가족도……."

"만약 헌터가 그 전투 기술을 사용해 반란을 꾸몄다면…… 일족이 모두 몰살됐을 거다."

"그렇게까지 철저하게 통제했던 거야……."

"그래도 다른 평민에 비하면 나은 생활을 할 수 있었으니 헌터가 되는 사람이 많았다고 해."

정말로 속이 뒤집어지는 나라였네! 블루스피어 제국!

"솔직히 이 나라가 멸망한 것은 자업자득이라고 생각한다만…… 도착했다. 그 허영의 상징, 제국성이다."

아까부터 멀리서 보이던 커다란 성에 드디어 도착했다.

오그의 이야기를 들으니 자신들의 허영심 때문에 멸망한 어리석은 자들의 성으로 보였다.

그리고 그 성문은 마치 우리를 초대하듯 활짝 열려 있었다.

문 안쪽은 어두워서 마치 이계로 통하는 문처럼 보였다.

"자, 가자."

그 문을 지날 때 오그가 일부러 모두에게 말했다.

아마도 결심하지 않으면 발을 내디딜 수 없었기 때문이겠지.

그만큼 불길함이 감돌았다.

성내에 불빛이 전혀 없었기에 문을 지난 우리는 각자 빛 마법을 사용해 성안을 걷기 시작했다.

"으으…… 어두워……."

"마리아, 달라붙지 마. 걷기 힘들잖아."

"하지만……."

"나는 마법을 쓸 수 없어. 마리아가 정신 차리지 않으면 나만 걸을 수 없게 된다고."

"그건 알지만……."

아까 마도 안에서처럼 이런 분위기를 무서워하는 마리아는 미란다에게 찰싹 붙어 걸었다.

정말로 무서워하는구나…….

이상하리만치 무서워하는 마리아를 보고서 다른 사람들은 어떨까 돌아보니 마리아만큼은 아니지만 다들 불안한 표정이었다.

"색적 마법에 아무런 반응이 없으니 괜찮다니까."

"그래, 메시나. 너무 무서워하는군."

"저는 신이나 전하와는 다르게 동시에 여러 마법을 쓸 수 없어요! 빛 마법을 사용하면 색적 마법을 쓸 수 없다고요!"

그러고 보니 그러네.

다들 빛 마법을 사용하고 있으니 색적 마법을 쓰지 않았다.

불안한 표정을 한 이유가 그거였나.

"괜찮아. 아직 슈투름 이외의 반응은……."

그렇게 말했을 때였다.

"신."

오그도 발견한 듯하다.

"그래…… 어떻게 된 거지? 이제 마인은 슈투름 이외엔 없는 것 아니었어?"

"자, 잠깐, 신! 왜 그래?!"

지금은 색적 마법을 쓸 수 없는 마리아가 불안한 듯이 물었다.

다른 아이들도 그럴 거라고 생각해 설명했다.

"지금 슈투름이 아닌 마인의 마력 반응이 있었어."

"거짓말?!"

깜짝 놀란 마리아에게 오그가 답했다.

"사실이다. 하지만 이건…… 혼자인가?"

"아니, 작지만 다른 마력 반응도 있어. 뭐지? 반응이 작아. 개나 고양이라도 기르는 건가?"

"모르겠다만…… 마력의 크기로 볼 때 그쪽은 슈투름이 아니겠지. ……어떡할까?"

"글쎄……."

오그의 질문을 받은 나는 잠시 생각한 뒤 말했다.

"먼저 지금 발견한 마인 쪽으로 가자. 슈투름과 싸우는 도중에 난입하면 성가셔."

"그렇겠군."

오그가 동의했으니 우리는 슈투름이 아닌 마력 반응이 있는 쪽으로 갔다.

그나저나…… 마도의 입구에서 만났던 마인의 말과는 다르잖아.

마인들의 간부라면 제스트가 확실할 것이다.

누가 뭐래도 원래 그들의 대장이었으니까.

그러나 실제로 마인 한 명이 더 남아 있다.

성문 앞에 있던 마인이 거짓말을 한 건가?

그러나 마인은 우리가 그쪽으로 다가가고 있다는 것을 확실히 알고 있을 텐데도 움직일 기색이 없었다.

뭐지? 그만한 실력자인가?

"오그."

"그래. 조우하자마자 전투가 벌어질 가능성도 있다. 방심하지 말도록."

『네!』

오그도 나와 같은 것을 느낀 듯하다.

모두에게 기합을 넣어주고는 다시 그 마인이 있는 방향으로 걸었다.

그리고.

"이 방이군."

"그래, 틀림없어."

마인의 반응은 성 내부의 어떤 방에서 느껴졌다.

문 앞까지 다가왔지만 전혀 움직일 기색이 없었다.

"그럼 연다……."

"그래."

나는 모두를 둘러본 뒤 세차게 문을 열었다.

그리고 곧바로 전투 자세를 잡았다.

그러나 안에 있는 마인은 뛰어든 우리를 공격하지 않고 팔에 든 무언가를 감싸기만 했다.

곧바로 전투가 벌어지지 않을 것이라 판단한 우리는 전투 태세를 풀었다.

그리고 그 마인을 바라보니.

"여자…… 마인?"

방 안에 있는 것은 여자 마인.

연령은 스무 살 후반 정도에 머리가 긴 성인 여성이었다.

그 여자 마인은 우리의 모습을 봐도 공격하지 않고 팔에 품은 무언가를 감싸며 우리를 노려보았다.

그 눈에는 명확한 적의가 담겨 있으면서도 공격할 기색이 없었다.

얼마나 소중한 것을 감싸는 건가 싶어 그 여자 마인의 품에 있는 것을 자세히 살펴보니.

"너! 팔에 감싼 건 갓난아이잖아?!"

여자 마인이 안은 것은 태어난 지 얼마 안 된 것으로 보이는 갓난아이였다.

"이 자식! 갓난아이를 납치한 건가?!"

나와 마찬가지로 갓난아이를 확인한 오그가 소리쳤지만.

"아니야!"

여자 마인은 갓난아이를 빼앗길 거라 생각했는지 크게 소리친 뒤 아까보다 더 강하게 품에 안았다.

"아니라고? 무슨 뜻이지?!"

나는 그렇게 말하면서도 마인의 말에 어떤 예감이 들었다.

납치한 것이 아닌 갓난아이.

설마…….

그런…….

믿을 수 없었던 내게 여자 마인이 입을 열었다.

"이 아이는…… 이 아이는, 나와……."

여자 마인과.

"……슈투름 님의 아이야."

"……!"

그 여자 마인의 말에 모두가 숨을 죽인 것이 느껴졌다.

"말도 안 돼…… 마인이…… 마물이 아이를 가지는 게 가능한 건가……."

항상 이런 상황에서는 냉정한 오그도 지금 상황이 믿기 어려운지 말에 패기가 없었다.

나도 같은 심정이었다.

설마 마인에게 아이가 생기다니…….

그렇게 생각했을 때였다.

"아아."

여자 마인에게 안긴 갓난아이가 이쪽을 바라보았다.

"……그렇군. ……그런 거였나."

나는 모든 것을 이해했다.

마인에게 일어난 절망적인 상황.

제스트가 했던 마인에게 미래가 없다는 말.

그 의미를 이제야 깨달았다.

그 이유는…… 저 갓난아이가…….

"눈이……."

마인 특유의 붉은 눈이 아니라.

평범한 인간과 같은 푸른 눈을 하고 있었으니까.

"그렇게 된 건가……."

오그도 나와 같은 결론에 도달한 듯하다.

마인 사이에서 아이가 생긴 것은 놀랐지만, 그 이상으로 태어난 아이에게 중요한 의미가 있었다.

태어난 아이는…… 마인이 아닌 인간이었다.

마인화, 마물화한 생물을 원래대로 되돌리는 방법은 없다.

그것은 과거에 내가 시도했었으니 누구보다도 잘 알고 있다.

그렇다면 마인은 앞으로도 마인으로서 살아가야 한다.

하지만…….

"마인은…… 마인을 자손으로 남길 수 없어……."

내가 그렇게 말하자 여자 마인은 갓난아이를 안고서 괴로운 듯이 고개를 숙였다.

그건…… 그렇겠지.

마인은 새로운 종족으로 번영할 수 없다.

한 세대뿐인 존재.

그 사실을…… 자신의 손으로 증명해버렸으니…….

갓난아이는 아직 태어난 지 몇 개월 정도.

아직 몸도 가누지 못하는 느낌이었다.

다시 말해…… 슈투름은 이 아이가 태어난 것으로 마인의, 자신들의 미래를 볼 수 없게 됐다.

그래서…….

그렇게 생각했을 때였다.

"……부탁이야. ……이 아이만은 살려줘."

여자 마인이 우리에게 그렇게 애원했다.

"이 아이는 우리의…… 슈투름 님을 절망으로 떨어뜨린 존재. 하지만……."

그렇게 말한 여자 마인은 사랑스러운 것을 보는 눈으로 갓난아이를 보았다.

"내가 낳은…… 내 아이야……."

눈에 눈물을 떠올리며 힘겹게 말했다.

"……슈투름 님의 아이야……."

그렇게 말한 여자 마인은…… 울부짖었다.

"나는 어떻게 되어도 좋아! 죽여도 상관없어! 그만한 짓을 했으니까! 하지만 이 아이는! 이 아이만큼은…… 부탁이야……."

그 여자 마인의 외침에 우리는 아무런 말도 할 수 없었다.

마인이라 하면 인류의 위협이라고밖에 할 수 없다.

그런 마인이…… 자신의 아이를 사랑스럽게 안고서 눈물을 흘리고 있다.

슈투름의 아이라고 말한 그 얼굴은…… 슈투름을 연모하는 여자의 얼굴이었다.

자신은 살해당해도 아이만큼은 지키려는 그 모습은.

그야말로 어머니였다.

그런 모습을 본 나는.

"너, 이름이 뭐지?"

"……밀리아."

"밀리아라고. 저기, 밀리아. 너, 맹세할 수 있어?"

"……뭐를?"

"그 아이를…… 제대로 된 인간으로 키우겠다고. 절대로 인간에게 적의를 품도록 키우지 않겠다고."

"신! 너!"

"알고 있어!"

오그가 내 어깨를 붙잡고 항의하려 했지만 무슨 말을 하고 싶은 건지 알고 있다.

"나도 안이한 생각이라는 건 알아! 하지만……."

나는 그렇게 말하고 멀뚱멀뚱 이쪽을 바라보는 갓난아이를 바라보았다.

"……너는 죽일 수 있어? 이렇게…… 태어난 지 얼마 안 되는 갓난아이를! 그 갓난아이의 어머니를! 너는 죽일 수 있어?!"

"그, 그건……."

"나는 그럴 수 없어! 설령 안이하다고 비난받는다고 해도! 나는 그런 짓은 못 해!"

확실히 이 녀석들, 마인은 인류의 위협이다.

실제로 인류에게 이를 드러냈다.

하지만…… 태어나고 얼마 안 된 갓난아이에게 그런 죄가 있을 리 없다.

마인의 아이라는 이유로 죽일 수 없다.

그리고 어린아이를 놓아주어도 우리가 밀리아를 토벌하면 그 죄 없는 갓난아이에게서 어머니를 빼앗게 된다. 설령 그것이 마인이라 해도.

나는 그럴 수 없다.

"너……."

오그에게 소리치고 숨을 거칠게 몰아쉬는 나를 본 밀리아가 믿을 수 없다는 표정으로 중얼거렸다.

밀리아가 믿을 수 없다고 생각하는 것도 이해가 된다.

나도 논리적으로는 밀리아를 토벌하고 아이는 시설에 맡기든 새로운 부모에게 양자로 보내면 된다는 것은 알고 있다.

그러나 밀리아의 마음을 알게 됐다.

상대가 누구든 호의를 품고, 그 사람의 아이를 낳고, 그 아이를 사랑스럽게 바라보는 밀리아를 보고 말았다.

그런 모습을 보고서…… 목숨을 빼앗을 수가 없잖아.

"……정말 모질지 못한 아이구나."

밀리아는 그렇게 비아냥거리듯 말했지만 그 눈에서는 눈물이 흘렀다.

아…… 역시 이 녀석은 마인이기 이전에…… 어머니이구나.

"하아…… 네가 하고 싶은 말은 알겠어. 나도…… 만약 여기서 이 모자에게 손을 대면…… 아마도 평생 꿈에 나오겠지."

"오그……."

"하지만 신, 만약 이 아이가 인류의 위협이 될 때는……."

"알고 있어. 그때는 내가 책임지고 처리할게. 상관없겠지? 밀리아."

오그의 걱정에 내가 그렇게 말하자 밀리아는 의연한 표정으로 말했다.

"그렇게 되게 하지 않아. 이 아이는…… 이 아이만큼은 슈투름 님이 얻지 못한 행복한 인생을 살았으면 하니까."

"슈투름이 얻지 못한? 무슨 말이지?"

"……이 아이의 이름, 실버…… 실베스터라고 해."

"그런데?"

"이 이름은…… 슈투름 님의,…… 태어나지 못했던 아이의 이름."

"태어나지…… 못했다고?"

"그래…… 슈투름 님이 아직 인간이었을 때, 아이를 가졌던 사모님이 살해당하셨어. ……귀족에게 놀아난 평민의 손에."

"그건……."

슈투름에게 그런 과거가…….

"태어난 아이가 남자아이라면 실베스터라고 하자고 사모님과 정해뒀다고 해."

그렇구나, 이 아이는…… 남자아이인가.

"그래서 그 이름을……."

"나는…… 낳을 수 없었던 사모님을 대신해 슈투름 님의 아이를 낳아드리고 싶었어. 슈투름 님께 미래를 보여드리고 싶었어. 하지만……."

태어난 아이는 인간이었다.

"슈투름 님은 사모님을 죽인 제국에 복수하기 위해 마인이 됐지. 하지만 그 목적을 이룬 슈투름 님은 살아갈 목적을 잃어버리셨어. 그래서 슈투름 님께 미래를 보여드리고 싶었는데……."

밀리아의 행동은 슈투름을 사랑하기 때문이었을 것이다.

그런데 의도했던 것과는 정반대의 결과가 나오고 말았다.

"살아갈 목적을 잃고 미래까지 잃었지…… 그러니까, 부탁이야…….”

밀리아는 그렇게 말한 뒤 다시 고개를 숙이고 오열하기 시작했다.

“슈투름 님을…… 해방시켜줘…….”

“해방?”

“슈투름 님은…….”

고개를 숙인 밀리아는…… 힘겹게 말했다.

“슈투름 님은…… 파멸을 바라고 계시니까…….”

“파멸을, 바란다고?”

밀리아의 말에 충격을 받은 나는 그녀에게 되묻고 말았다.

“슈투름 님은…… 마인이 된 시점에서 제국을 없애겠다는 목적 이외에 모든 것에 관심을 잃으셨어. 그 목적을 이루고 미래까지 잃어버린 지금은…….”

그 말로 그때 슈투름이 했던 말의 의미를 이해할 수 있었다.

“그렇군, 그래서…… 자신의 존재의의가 사라진 이 세계가 존속할 의미도 없다고 했던 건가…….”

이렇게 아이를 남길 수는 있다.

그러나 그 아이는 마인이 아니다.

마인을 종으로서 남길 수 없다.

그런 존재는…… 이 세계에서 의미가 없다.

“그리고…….”

밀리아는 눈썹을 찡그리며 괴로운 듯이 말했다.

"자신이 존재하는 의미도…… 잃어버리고 말았지……."

자신이 존재해도 의미가 없는 세계라면 없애버리겠다고…….

말 그대로 파멸로 향하고 있다.

그래서 밀리아는 그런 슈투름을 막아달라고, 해방해달라고 부탁했다.

하지만 그건.

"……너는 그래도 괜찮아?"

설득을 받아들이지 않을 것이다.

슈투름이 바라는 파멸을 저지하고 해방한다는 것은…… 우리가 슈투름을 토벌한다는 뜻이다.

슈투름을 사랑하고 아이까지 낳은 밀리아는…… 정말로 그것을 바라고 있을까?

"솔직히 말하자면 내버려뒀으면 좋겠어. 하지만……."

"그건 무리야. 슈투름은 인류에게 명확한 적의를 품고 선전 포고했다. 슈투름은 인류의 적이야. 앞으로 세계의 어디에 있어도 토벌 대상이 될 거다."

밀리아의 진심을 오그가 단호히 거절했다.

"그렇겠지……."

오그에게 거절당한 밀리아는 포기한 표정으로 그렇게 중얼거렸다.

그렇다. 이제는…… 모든 것이 늦어버렸다.

슈투름이 세계를 향해 이런 게임을 제안하지 않았더라면

우리는 슈투름을 자극하지 않고 내버려둘 생각이었다.

그러나 슈투름은 인류의 존망을 건 결전이라는 게임을 제안했다.

세계를 없앴노라고, 연합국의 모든 사람이 모인 곳에서 선언했다.

이제는 슈투름이 토벌되든가, 세계가 멸망하든가 둘 중 하나밖에 없다.

"그러니…… 슈투름 님을 막아줬으면 해. 세계의 모든 것에 의미를 잃어버린 슈투름 님을…… 해방해 드렸으면 좋겠어……."

밀리아에게 그 바람은 가슴이 찢어질 듯한 바람일 것이다.

그러니…….

"알았다. 슈투름은 내가 반드시 막겠어."

나는 그렇게 말하고 뒤를 돌았다.

"……부탁이야."

등 너머로 힘없는 밀리아의 목소리를 들으며.

"오그, 가자."

"그래……."

오그에게 말을 걸고 밀리아의 방에서 나갔다.

방을 나갈 때 본 모두의 얼굴은 어둡고 침울했다.

"왜 이렇게 된 걸까요……?"

그중에서도 제일 침울한 시실리가 그렇게 말했다.

"밀리아 씨…… 정말로 저 아이를 소중히 여기고 있었어요. 설령 마인이 아니더라도 아이가 태어나면 그걸로 충분한 것 아닌가요……?"

시실리는 얼티밋 매지션즈의 여성 중에서도 특히나 모성이 강했다.

앞으로 나와의 사이에 아이가 생긴다면 어떤 이름으로 할지, 어떤 아이로 키울지 자주 이야기했다.

그런 시실리는 너무나도 가련한 모자를 보고서 동정하고 있다.

"나도 그렇게 생각하지만…… 슈투름에게는 그렇지 않았겠지."

"자신의 아이지만 마인인 아이가 아니라……."

"그런 걱정을 할 필요가 없는 우리는…… 행복한 거겠네요."

"올리비아……."

오그의 말에 반응한 올리비아의 어깨를 마크가 배려하듯 안아주었다.

마크의 집인 빈 공방은 올리비아가 낳은 아이가 잇게 된다.

이 두 사람 사이에도 아이에 대한 이야기는 있었을 것이다.

미래가 보이지 않는 밀리아에게 동정하는 심정이 컸다.

"하지만…… 정말로 놓아줘도 괜찮았던 걸까……."

"마리아!"

"나도 그 사람은 불쌍하다고 생각해! 하지만…… 마인이잖아? 마인을 놓아줬다는 걸 다른 사람들한테 어떻게 설명

할 거야?"

"그, 그건……."

마리아에게 그런 말을 들은 시실리는 매달리듯 오그를 보았다.

시실리만이 아닌 모두가 오그를 바라보았다.

모두의 주목을 받은 오그는 잠시 생각에 잠겼다.

"알겠나, 여기서 본 것, 들은 것은 절대 누설하면 안 된다. 이 일은……."

오그는 모두를 둘러본 뒤 말했다.

"보지 않았던 것으로 한다."

"전하……."

시실리는 그렇게 판단한 오그에게 고마워하듯 말했다.

"우리는 성에 들어온 뒤 곧바로 슈투름에게 갔다. 그리고 슈투름과 싸웠다. ……그런 거로 한다."

"그걸로…… 아니, 그것밖에 없나."

"본래…… 장래 나라를 다스릴 인간으로서 해서는 안 될 행동이다만……."

"……미안. 내 고집 때문에……."

왕태자인 오그가 그런 판단을 내리게 한 사실을 사과하자 오그는 가볍게 미소 지었다.

"이제 와서 무슨. 내가 지금까지 네게 얼마나 휘둘렀다고 생각해?"

"윽……."

"뭐, 이번 일은 특대형 사건이다만…… 알겠지, 신. 만약의 사태가 벌어지면……."

"그래. 내가 반드시 책임을 질게."

밀리아 모자를 놓아준다는 결단을 내린 것은 나다.

그 책임에서 도망칠 생각은 없다.

그런 이야기를 나누며 성을 걷고 있자니 항상 시끄러운 인간이 얌전하다는 사실을 깨달았다.

"왜 그래? 앨리스. 어쩐 일로 그렇게 얌전히 있어?"

항상 소동을 일으키는 앨리스가 밀리아의 방에 들어간 이후로 전혀 입을 열지 않았다.

늘 태평한 앨리스도 그 분위기 속에서는 아무런 말도 할 수 없었던 건가.

하지만 언제나 밝은 사람이 어둡게 있으면 주변에도 영향을 줄 것 같아서 평소의 분위기를 되찾도록 말을 걸었는데…….

"……그 아이 말이지."

"응? 그 갓난아이가 왜?"

"……앞으로 엄청 미남이 될 것 같지 않아……?"

앨리스는 진지한 얼굴로 그렇게 말했다.

……그런 생각을 하느라 얌전히 있었던 거야……?

"너……."

"하지만! 갓난아이인데 그렇게 또렷한 이목구비였잖아?!

앞으로 분명 엄청난 미남이 될 거라니까!"

"확실히, 귀여웠어."

"린까지?!"

"아, 부러워라. 나도 그렇게 귀여운 아이를 낳고 싶다."

"상대가 없어."

"그랬지……."

이, 이 녀석들…….

우리가 진지하게 고민하고 있을 때 그런 생각을 했다니.

"후후, 역시 앨리스네~."

"유리?"

"무거웠던 분위기가 조금은 밝아졌지~?"

"그건…… 확실히 그렇지만."

"의외로 그런 것에 민감한 아이일지도 모르겠네."

"토니까지."

"태평하게 보이지만 사실은 생각이 깊을지도 모르지."

"그럴까?"

나는 상대가 없을지 고민에 빠진 앨리스를 보았다.

저건 그냥 원래 성격이 그런 것 같은데…….

"신 군, 신 군!"

내가 앨리스에 대해 생각하고 있으니 그 앨리스가 이쪽으로 다가왔다.

"왜?"

"이 싸움이 끝나면 아는 사람좀 소개해줘!"

그 말에 단번에 힘이 빠졌다.

"하아…… 내 친구는 여기에 있는 사람들밖에 없는데……."

"아, 그랬지."

"이 안에서라면…… 토니나 마크한테 부탁해보지 그래?"

"토니의 친구는, 어쩐지 껄렁할 것 같아서 됐어! 저기, 마크!"

……역시 저건 앨리스의 본래 성격이다.

그렇게 확신한 내 곁에는 앨리스에게 거절당한 토니가 은근히 상처받고 있었다.

◆

그 방에서 밀리아라는 마인이 한 말은 솔직히 충격이었다.

나는 지금까지 남자와 사귄 적이 없으니 상상도 할 수 없지만…….

자신이 좋아하는 사람을 죽여 달라고 부탁하는 건 어떤 심정이었을까?

그때 모두의 얼굴을 보니 다들 괴로워 보였다.

우리 동료 중에는 연인이 있는 사람이 많으니 나와는 다르게 바로 상상할 수 있었을 것이다.

그 방을 나온 뒤, 다들 그 분위기를 그대로 끌고 나와 어두운 표정이었다.

그래서 나는 신 군의 질문에 일부러 장난을 쳤다.

불성실했나 싶기도 하지만, 이게 내 역할이니까.

어려운 일을 고민하는 건 전하의 역할이고 신 군을 혼내는 건 마리아의 역할.

신 군과 꽁냥대는 건 시실리의 역할이다.

나는 모두를 밝게 만들고 싶다.

그렇지 않으면…… 슈투름을 동정하느라 제대로 싸울 수 없을 테니까.

좋아! 가자!

하지만…….

남자친구가 있었으면 하는 건 진짜야!

◆

앨리스 덕분에 나를 포함해 침울했던 모두의 분위기가 조금 나아졌다.

그것이 본래 성격인지 유리가 말한 것처럼 계산한 것인지는 모르겠지만 도움이 된 것이 사실이다.

마음을 다잡은 우리는 슈투름의 마력 반응을 향해 제국성 안을 걸었다.

그리고.

"도착했다. 이 문 너머에 슈투름이 있다."

오그가 유독 커다랗고 호화로운 문 앞에서 그렇게 말했다.

"크네……."

"아마도 알현실이겠지. 슈투름의 마력 반응은 이 방의 가장 안쪽. 옥좌에서 우리를 맞이하겠다는 거로군."

"제국의 옥좌에 앉다니…… 황제라도 됐다는 거냐."

"마인들의 이야기를 들은 후이니 정말이지 공허한 황제다만."

알현실 문 앞에서 우리는 잠시 제자리에 머물렀다.

이 문을 열면 슈투름이 있다고 생각하니 모두의 긴장이 최고조에 달했기 때문이다.

나 또한 준비해온 마법이 정말로 슈투름에게 통할지…….

아마 통하겠지만, 과연 쏘게 해줄까?

그런 불안으로 가득했다.

"애들아, 부탁이 있는데 들어줄래?"

"뭐지?"

"응? 뭔데? 신."

내 말에 오그와 마리아가 답했다.

"슈투름과 전투가 시작되면 다들 슈투름이 움직이지 못하고 한곳에 머물도록 마법을 사용해줬으면 해."

모두의 의식이 내게 모인 것을 확인하고 말을 이었다.

"나는…… 슈투름을 쓰러뜨리기 위한 마법을 개발했어. 하지만 발동하려면 굉장한 양의 마력을 모아야 해."

"그러니까…… 우리한테 그 시간을 벌어달라고?"

"그래, 앨리스. 그리고 실수하면 주위에 막대한 피해가 발생할 테니 사용한 마법은 그대로 우주까지 올라가도록 하늘을 향해 쏘고 싶어."

내가 그렇게 말하자 린이 고개를 갸웃하며 물었다.

"우주?"

"아…… 음, 하늘 너머로 올라가도록 발사하고 싶으니 슈투름을 공중에 머물도록 해줬으면 한다는 뜻이다."

"그렇군…… 클로드가 말했던 마법인가."

"확실히 그건 하늘을 향해 쏘지 않으면 그게…… 엄청난 일이……."

시실리는 그 마법을 시범 사격할 때를 떠올렸을 것이다.

조금 창백한 표정으로 말했기에 다들 몸을 부르르 떨었다.

"미안하지만 이번만큼은 적당하게 할 수 없어. 전력을 다해 내 최대 마법을 사용할 거야. 그러니 다들 협력해줘."

나는 모두의 얼굴을 둘러보며 부탁했다.

내 부탁을 들은 모두는 진지한 표정으로 끄덕였다.

살짝 식은땀을 흘리는 것을 보니 상당히 경계하는 모양이네.

뭐, 이걸로 모두가 슈투름을 공중에 묶어두는 일에 전력을 다해준다면 그걸로 된 거지.

"자, 저기, 월포드 군. 나는 어떻게 해야……."

"미란다는, 음……."

마법을 쓸 수 없는 미란다는 어떻게 할까?

공중에 묶어두는 일이라면 원거리 공격인 마법을 사용하는 것이 필수다.

가장 좋은 것은 전장에서 거리가 있는 곳에서 방어 마도구를 사용해 몸을 지키는 일인데…….

여기까지 왔는데 혼자만 두고 가는 것도 좀…….

그렇게 생각하고 있을 때 유리가 어떤 제안을 했다.

“그럼~ 내 마도구를 빌려줄게~.”

“어? 유리 양, 괜찮아?”

“물론. 마지막까지 함께 싸우자~.”

“고마워.”

그래, 마도구.

공격 마법을 직접 사용하는 나는 마도구를 방어라든가 통신과 같은 방면으로만 개발했다.

공격용 마도구를 만드는 일을 금지당한 탓도 있지만…….

그 생각을 못 했다.

“미란다, 괜찮아?”

“응. 나도 마지막까지 함께 싸우게 해줘.”

“좋아. 그럼…… 문을 연다.”

슈투름 전의 작전을 확인한 나는 드디어 알현실의 문에 손을 가져갔다.

크고 중후하게 만들어져 상당히 무거운 문을 남자 몇 명이 밀어 열었다.

그리고 열린 문을 지나 알현실로 들어가니.

"기다리고 있었습니다, 신 월포드 군."

슈투름이 안쪽 옥좌에 앉아 있었다.

제4장 맡겨진 마음

약 1년 만에 보는 슈투름은 다리를 꼬고 팔걸이에 팔꿈치를 댄 채 턱을 괴고 있었다.

이제부터 마지막 결전을 벌인다고는 도저히 생각할 수 없을 정도로 편안한 그 모습에 설명하기 어려운 불길함을 느꼈다.

"문 앞에서 상당히 면밀하게 회의하던 모양입니다만, 작전은 잘 마무리됐나요?"

이 자식…… 설마 마법으로 우리의 대화를 듣고 있었던 건…….

"후, 안심하세요, 신 월포드 군. 엿듣지는 않았으니까요."

"뭐라고?"

"그런 짓을 했다간……."

슈투름은 그렇게 말한 뒤 어깨를 으쓱이고 두 팔을 벌렸다.

"흥이 깨지니까요."

슈투름에게 이것은 어디까지나 게임이라는 뜻인가.

적의 작전을 모르는 편이 즐겁다는…….

"상당히 여유롭네. 도중에 들었던 이야기로는 이래저래 여유가 사라진 모양이던데?"

내가 그렇게 말하니 슈투름은 안타깝다는 얼굴로 한숨을 쉬었다.

"다들 말이 너무 많았군요. 곤란하게도 말이죠."

그 말을 들었을 때 나는 치미는 분노를 억누를 수 없었다.

"너! 너를 위해 부하들이 목숨을 버렸는데 아무렇지도 않은 거야?!"

제스트, 로렌스, 그리고 이름도 모르는 마인들은 전부 슈투름의 명령이라며 목숨을 버렸다.

우리가 여기에 있다는 것은 그 녀석들을 모두 쓰러뜨렸다는 뜻이다.

그런데 슈투름은 쓸데없는 말을 했다며 한탄했다.

목숨을 잃은 부하들을 애도하는 감정은 전혀 보이지 않았다.

자신을 위해 죽은 부하들에게 아무런 애도의 뜻을 보이지 않는 슈투름에게 그 부하들을 쓰러뜨린 내가 분개하고 말았다.

그러나 슈투름은 그런 나를 신기하다는 표정으로 보았다.

"쓰러뜨린 것은 당신들이지 않나요? 어째서 그렇게까지 화가 난 겁니까?"

"너……."

정말로…… 이 녀석은…… 그들을 아무렇지도 않게…….

"결국 그들은 도구에 불과하니까요. 죽든 말든 제겐 아무런 상관이 없습니다."

도구…… 자신을 위해 죽은 부하를 도구라고…….

그 말을 들었을 때 내 뇌리에 어떤 여자 마인의 모습이 떠올랐다.

"밀리아도…… 속인 건가?"

"밀리아? 아, 그녀는 실험체입니다."

"……."

실험체?

슈투름을 생각하며 눈물을 흘리고 아이까지 낳은 여성을…… 실험체라고 말한다고?

안 되겠어…… 분노로 머리가 이상해질 것 같다고.

"제법 흥미로운 실험 결과가 나왔습니다. 이봐요, 신 월포드 군."

"왜!"

"마인이란, 마물이란 무엇일까요?"

"뭐야?"

분노가 터지기 직전이었던 머리가 슈투름의 질문으로 조금은 냉정해졌다.

"마물에게 생태계는 없습니다. 평범한 동물이 어느 날 갑자기 마물이 됩니다. 그리고 그 마물은 자손을 남기지 못하고 한 세대로 끝이 나죠."

“……”

“그런 존재에게 어떤 의미가 있을까요?”

슈투름의 질문에 나와 다른 아이들은 대답할 수 없었다.

그런 생각을 해본 적이 없었다.

“제가 생각하기에 마물이란 이 세계에 발생한 종양 같은 겁니다. 이윽고 증식해 이 세계를 잠식해 없애는…….”

거기서 슈투름은 자조적인 미소를 떠올렸다.

“해악에 불과합니다.”

자신을 해악이라고?

이 녀석, 무슨 말이 하고 싶은 거지?

“그러니 저는 그 악성 종양으로서, 세계의 해악으로서 이 세계를 없애려는 겁니다. 그것이 이 세계의 진리가 아닙니까?”

자신이 이 세계의 암이라는 거야?!

그래서 이 세계를 없애겠다고?

그건, 그런 건……!

“웃기지 마! 그런 거, 나는 인정 못해!”

“그런가요. 역시 공감해주지 않는군요. 그렇다면…….”

슈투름은 그렇게 말한 뒤 일어났다.

“마지막까지 발버둥 치십시오! 신 월포드!”

슈투름은 일어나자마자 바로 마력을 모으기 시작했다.

갑자기 공격하나 싶어 경계하자 슈투름은 뒤를 돌아보며 그쪽을 향해 마법을 쏘았다.

"뭐?!"

슈투름이 사용한 마법은 뒤쪽에 있던 벽을 쉽게 부수며 하늘을 위로 솟았다.

성벽을 파괴하듯 발사했으니 엄청난 흙먼지가 알현실을 뒤덮었다.

"제길! 시야를 빼앗은 건가?!"

그 흙먼지로 슈투름의 모습이 보이지 않게 됐다.

슈투름을 놓치면 분명 치명적인 결과로 이어질 테니 흙먼지를 없애기 위해 바람 마법을 기동.

흙먼지가 걷히고 간신히 시야가 확보됐을 때, 그곳에 있는 것은 원래 자리에서 한 발자국도 움직이지 않는 슈투름과 그 뒤로 보이는 하늘이었다.

"후후후, 이런 좁은 곳에서 싸우는 건 시시하죠? 더 넓은 곳으로 안내하겠습니다."

슈투름은 그렇게 말한 뒤 둥실 떠올라 구멍 밖으로 나갔다.

"시시하다니! 웃기지 마!"

아까부터 슈투름의 말도 안 되는 발언에 화가 났던 나는 그렇게 소리치며 밖으로 날아가려 했다.

그러나 누군가가 내 어깨를 붙들었다.

"침착해, 신."

"뭐?!"

"흥분하면 슈투름의 계략에 넘어간다."

"어떻게 화를 안 낼 수 있어!"

"그 마음은 이해해! 슈투름은 너를 상당히 경계하고 있다. 실내가 아닌 밖에서 싸우려는 게 그 증거지!"

"왜…… 아, 그런가."

나와 슈투름은 예전에 한 번 싸운 적이 있다.

그때는 경비대의 연병장이었기에 지붕을 위장 삼아 태양광 레이저를 발사했었다.

그것을 경계하는 건가.

"아까부터 도발에 가까운 말을 반복하는 것도 네가 냉정함을 잃게 하려는 거다. 녀석의 계략에 넘어가지 마!"

오그의 지적에 흥분했던 머리가 냉정해졌다.

평소에는 장난만 치지만 이런 진지한 상황에서는 역시 듬직하다.

"……미안, 오그. 고마워."

"뭘, 괜찮아."

냉정해져서 오그에게 고맙다는 말을 한 뒤 우리도 슈투름을 따라 밖으로 날아올랐다.

밖으로 나가자마자 공격받을지도 모르니 부유 마법이 아닌 각자 제트 부츠를 사용했다.

경계했지만 딱히 공격받지 않고서 지상까지 내려올 수 있었다.

평소에도 제트 부츠를 사용해 마물 사냥을 하는 미란다

까지.

밖은 안뜰이었고 싸우기에는 충분한 넓이였다.

슈투름은 그 안뜰 한복판에 유유히 서있었다.

안뜰로 내려온 우리를 지켜본 슈투름은 다시 도발하듯 말했다.

“쉽게 나오지 않아 여기까지 와서 겁을 먹었나 싶었습니다.”

“흥, 이제 그 수법엔 안 넘어가!”

내가 그렇게 말하자 슈투름은 의외라는 표정을 했다.

“호오? 벌써 냉정해졌나요? 재미없군요.”

“도발해도 소용없어!”

“흠. 이렇게 짧은 시간에 평소대로 돌아오다니. 과연 현자의 손자……라고 말하고 싶습니다만.”

슈투름은 그렇게 말하며 내 뒤쪽으로 시선을 보냈다.

그 시선 끝에 있는 것은 오그.

“그렇군요. 과연 알스하이드 왕국 설립 이래 최고의 인재라 불리는 아우구스트 전하. 얼티밋 매지션즈의 두뇌는 당신이었군요.”

“신의 앞에서 최고라는 소리는 하지 말아다오. 창피해지니까.”

“음, 마음에 들지 않으셨나요. ……우연이군요. 저도 마음에 들지 않는 게 있습니다.”

그렇게 말한 슈투름의 얼굴은 아까까지 실실거리는 표정

이 아니라 확연한 분노의 표정을 띠고 있었다.

"머리에 피가 오른 동료를 달래 냉정하게 한다. 과연, 훌륭한 신뢰 관계로군요. 하지만 저는 그게 마음에 들지 않는군요!"

갑자기 슈투름을 중심으로 솟구치는 마력의 소용돌이.

그것은 슈투름의 분노에 호응하듯 거칠고도 불길할 정도로 강렬했다.

"큭!"

마력의 압력만으로 몸이 저릿해졌다.

이 녀석…… 역시 말도 안 되네.

"동료? 신뢰? 그런 건 결국 어린애 장난! 환상에 불과합니다!"

그렇게 말한 슈투름의 눈은…… 증오로 가득했다.

"달콤한 말로 회유하고 이용하기만 하다 버리는 것! 그것이 인간의 본성입니다! 그런데 서로를 신뢰하는 것처럼 연기해 동료 놀이에 열을 올리고 있다니, 신물이 나는군요!"

"큭! 이 자식!"

"너와 똑같이 생각하지 마라."

"……뭐라고요?"

"오그……."

우리의 관계를 동료 놀이라고 말한 슈투름에게 더는 냉정을 유지할 수 없게 됐지만, 오그는 냉정하게 반박했다.

"네 과거에 무슨 일이 있었는지는 모르겠다만 너도 우리에게 무슨 일이 있었는지도 모르지 않나?"

"네, 그렇군요. 흥미도 없습니다."

"그렇겠지. 뭐, 우리가 친해진 건 아직 1년하고 조금이지만……."

오그는 그렇게 말하며 모두를 둘러보았다.

"우리는 함께 배우고, 경쟁하고, 실력을 쌓고, 사선을 넘어왔다. 그런 동료들을 신뢰하지 않으면 어쩌라는 거지?

오그의 말에 모두가 끄덕였다.

"……그게 동료 놀이라는 겁니다. 그런 얄팍한 관계는 이해가 틀어지면 바로 망가지기 마련이죠. 인간은 결국 이기적인 생물입니다!"

"네놈들 마인은 그렇지 않다는 건가?"

오그가 그렇게 말하자 슈투름은 불쾌하게 씩 웃었다.

"저는 최고로 이기적인 존재입니다."

슈투름은 그대로 이야기를 이어나갔다.

"인간다운 감정이 사라지면서도 자기중심의 이기적인 생각은 남았습니다. 다시 말해 그것이 인간의 본질이라는 겁니다."

"그렇지 않아요!"

슈투름의 말에 가장 먼저 반론한 것은 시실리였다.

"여기에 있는 사람들은 다들 자신 이외의 사람들을 생각하는 사람들뿐이에요!"

시실리는 눈물이 맺힌 눈으로 얼굴이 새빨개질 만큼 필사적으로 소리쳤다.

"신 군도, 전하도, 다들 자신 이외의 사람들의 행복을 바라고 있어요! 그런 사람들을 욕보이지 마세요!"

시실리의 말에 우리는 감격했다.

제대로 봐주고 있다.

그 사실이 무척이나 든든했다.

그런 시실리의 말을 들은 슈트름은…….

웃음을 터뜨렸다.

"후후…… 아하하하! 이것 참, 역시 성녀라 불릴만 하군요. 인심을 파악하는 것이 능숙합니다."

"뭐라고?!"

이 녀석! 아직도 도발할 생각이야?!

그러나 이어지는 슈트름의 말에 나는 말문이 막히고 말았다.

"타인을 위해, 주위를 위해, 나라를 위해. 그것참 훌륭한 행위로군요. 하지만 그 혜택을 받은 사람들은 어떻습니까? 보호를 받는 것을 당연하게 생각하고 약함을 빌미로 안주하고 있지는 않습니까?"

"그, 그건……."

전생도 포함해 해당하는 상황을 알고 있던 나는 순간 반론하지 못했다.

"결국 인간이란 그 정도입니다. 아무리 혜택을 베풀어도 그것을 당연한 듯이 받아들이고, 그 자비가 멈춘 순간 불만을 늘어놓죠. 그런 인간을 위해 애써서 무슨 의미가 있습니까?"

확실히…… 슈투름의 말은 틀리지 않았다.

아무리 우대받고 있다 해도 그것이 끊기는 순간 불만을 늘어놓는 사람이 있는 것도 사실이다.

그렇지 않다고 단언할 수 없었다.

그러나.

"뭐야, 그런 것 말인가."

오그는 어이가 없다는 듯이 말했다.

"뭐라고요?"

"그런 건 나라를 다스리면 일상적으로 일어나는 일이다. 너도 전에는 제국의 귀족이었지? 영지를 다스렸다면 그 정도는 알 텐데."

"알고 있으니 말한 겁니다!"

슈투름의 그 말은 지금까지 말한 것 중에 제일 강한 어조였다.

"많은 혜택을 받았으면서! 어린아이 장난과 같은 간계에 속아서는! 불만을 품고! 폭주하고! 제 아내와 아이의 목숨을 빼앗았습니다! 그런 제멋대로인 인간들을 용서할 리가 없지 않습니까!"

"……그렇군, 그게 네 분노의 원인인가."

"저는 알고 있습니다! 인간 따윈 결국 자신밖에 모릅니다!

불리해지면 자신을 위해 악한 행동도 서슴지 않죠! 그것이 인간의 본질입니다!"

분노로 마력이 폭발할 정도로 소용돌이치기 시작했다.

"자, 수다는 여기까지입니다. 어설픈 이상에 몸을 맡긴 당신들을 쓰러뜨리고 이 한심한 세계를 없애겠습니다!"

슈투름은 그렇게 말한 뒤 모았던 마력을 마법으로 변환해 이쪽으로 발사했다.

그것은 다른 마인들이나 간부였던 제스트와 로렌스의 마법과는 비교할 수 없을 정도로 거대한 마법이었다.

"우오오!"

이 정도 규모의 마법은 다른 아이들로는 버겁다고 판단해 내가 마력 장벽을 펼쳐 막았다.

역시 슈투름, 마인들의 우두머리인 만큼 지금까지 만났던 마인과는 마법의 수준이 다르다!

"크…… 오오아아아!"

"호오, 과연 신 월포드. 이걸 막는군요."

슈투름이 즐거운 듯 말했지만 이쪽은 그 말을 받아치고 있을 여유가 없다.

"다들, 시작해!"

내가 슈투름의 마법을 막고 있는 사이에 슈투름을 공격하라고 말했다.

그런 내 목소리를 들은 모두는 내 옆을 지나 슈투름을 향해 일제히 마법을 발사했다.

마도구를 사용해 마법을 사용한 미란다를 포함한 열두 명의 마법이 슈투름에게 날아갔다.

그러나 슈투름은 놀라거나 망설이지도 않고 마법을 피하고 마력 장벽으로 막아냈다.

"쳇! 이만한 일제 사격으로 작은 상처 하나 입히지 못할 줄이야!"

"하하하! 훌륭해! 훌륭합니다, 얼티밋 매지션즈!"

오그의 분한 목소리와는 대조적으로 슈투름의 목소리는 상당히 즐거워했다.

"인류의 운명을 결정하는 싸움이 이렇지 않으면 재미가 없죠. 자, 더 발버둥 치십시오! 발버둥 치고 발버둥 치다가 아무것도 지키지 못한 채 비참하게 죽으십시오!"

"그렇게 될 것 같아?!"

슈투름의 마법을 막은 나는 마력 장벽을 해제하고서 곧바로 최근의 주력 마법인 지향성 폭발 마법을 사용했다.

"읍! 오오!"

슈투름은 그것을 막았지만 이미 예상했던 범주.

나는 곧바로 다음 마법을 발사했다.

"받아라!"

발밑에 있는 흙을 원뿔 모양으로 들어 올려 회전을 부여.

그것을 압축한 공기를 사용해 발사했다.

"……! 그건! 큭!"

내 마법을 마력 장벽으로 막았던 슈투름은 다음 마법의 정체를 곧바로 파악하고 장벽 방어가 아닌 회피로 그 흙의 탄환을 피했다.

"그렇군요…… 마력 장벽으로는 막을 수 없는 물리 공격인가요. 제법 하는군요."

"얌전히 속아줬으면 좋았겠지만!"

"음, 좋지 않군요. 그런 건 즐겁지 않으니까……요!"

슈투름은 그렇게 말한 뒤 이쪽을 향해 마법을 쏘았다.

그것은 처음처럼 전체를 말려들게 하는 마법이 아니라 각 개인을 노리는 마법.

대상을 분산시킨 만큼 처음 마법과 비교하면 위력이 상당히 떨어졌다.

이 정도라면 다들 어렵지 않게 막을 수…….

"꺄악!"

"미란다?!"

마법을 쓸 수 없는 미란다도 방어 마법을 부여한 마도구를 기동했을 것이다.

그러나 슈투름의 마법은 그 마도구의 방어력을 상회했는지 미란다가 공격을 맞고 날아갔다.

"시실리!"

"네!"

치명상은 아닌 것 같지만 곧바로 움직일 수 없는 충격을 받은 미란다를 위해 시실리에게 회복을 의뢰했다.

하지만.

"보낼 수 없습니다."

그 시실리를 향해 처음과 같은 정도의 마법을 날아들었다.

"시실리!"

나는 올리비아가 사용한 것처럼 단거리로 게이트를 열고 시실리의 앞을 가로막은 뒤 마력 장벽을 전개했다.

"큭…… 오오오!"

"신 군!"

"괜찮으니까 가!"

"……! 네!"

간신히 마법을 막아낸 나에게 시실리가 말을 걸었지만 이 기회를 놓칠 수는 없다.

미란다에게 가도록 지시하자 시실리는 곧바로 따라주었다.

"아, 처리하지 못했군요."

슈투름의 목소리에는 유쾌함이 섞여 있었다.

그 모습은 마치 사냥에 실패했다고 말하는 것만 같았다.

"이 자식……."

슈투름의 모습에 분노하고 있을 때, 그 틈을 노리고 오그가 마법을 발사했다.

"흠!"

불과 바람의 혼합 마법.

화염 선풍이다.

"어이쿠!"

화염 선풍은 엄청난 고열을 일으켰지만 슈투름은 어렵지 않게 마력 장벽으로 막아냈다.

"아우구스트 전하도 제법이시군요. 그 힘은 이미 인간을 뛰어넘었습니다."

"칭찬해줘서, 무척이나 고맙군!"

슈투름의 가벼운 말투에 대응하며 오그는 계속해서 마법을 발사했다.

그것은 내가 아까 했던 흙 탄환을 발사하는 마법이었다.

"오! 전하도 사용하실 줄이야! 하지만 이 마법은 이미 봤던 겁니다!"

내 마법을 바로 재현한 오그의 기량에 감탄했지만 아까 내가 사용한 것을 봤던 슈투름은 마력 장벽이 아닌 물리 장벽을 전개해 그 흙 탄환을 막았다.

바로 그때.

"하앗!"

"우오!"

오그의 의도를 파악한 토르와 율리우스가 곧바로 슈투름에게 마법을 쏘았다.

"음! 오오!"

물리 장벽만 펼쳤던 슈투름은 정통으로 그 마법을 맞았다.

……맞은 것처럼 보였지만.

"……위험하군요."

슈투름은 마력 장벽도 동시에 전개해 토르와 율리우스의 마법을 막았다.

"이중 기동……."

"역시 슈투름도 할 수 있었소이다……."

마법이 막힌 토르와 율리우스는 씁쓸하게 슈투름의 장벽을 보았다.

"크크크…… 평범한 인간인 아우구스트 전하가 마법을 병렬 기동했는데 제가 못 할 거라고 생각했나요?"

슈투름은 그렇게 말한 뒤 두 손에 각기 다른 마법을 전개했다.

"신 월포드 군이나 아우구스트 전하의 마법은 상당히 많은 참고가 됐습니다. 이참에 돌려드리죠!"

오른손의 불 마법과 왼손의 바람 마법.

슈투름은 그것을 조합해 거대한 화염 선풍을 만들었다.

"하하하! 모조리 불타십시오!"

마인인 슈투름은 오그와 비교해도 마력이 압도적으로 많다.

슈투름이 만들어낸 화염 선풍은 오그의 것을 크게 상회했다.

"다들! 전력으로 마력 장벽을 펼쳐!"

큰소리로 모두에게 그렇게 말한 나는 거대한 화염 선풍과 대치했다.

"신?! 무슨?!"

"이걸 어떻게든 해야지! 다들 불타버릴 거라고!"

이만큼이나 거대한 화염 선풍.

막는다 해도 상당한 열기가 남는다.

그렇게 되면 제대로 싸울 수 없게 된다.

그건 피해야만 해!

"우오오오!"

거대한 화염 선풍에 대해 내가 선택한 것은 일반적인 소용돌이를 일으키는 바람 마법.

"하하하! 고작 그런 걸로 대항할 수 있을 거라고 생각하는 겁니까?!"

그것을 본 슈투름이 야유하듯 웃었지만.

내 소용돌이에는 어떤 장치가 있었다.

내 소용돌이와 슈투름의 화염 선풍이 부딪쳤다.

소용돌이가 화염 선풍에 휘말려 소멸…….

그렇게 보인 다음 순간.

"……?! 무, 무슨?!"

슈투름이 믿을 수 없다는 듯이 외쳤다.

그것은 슈투름이 사용한 화염 선풍이 서서히 작아졌기

때문이다.

“말도 안 돼! 평범한 소용돌이였는데 어째서?!”

“내 소용돌이는 특별하니까 말이지!”

보통 바람 마법을 사용할 때는 주변 공기를 그대로 사용한다.

그러나 나는 그 공기를 사용하지 않고 어떤 것으로 소용돌이를 만들었다.

그것은 바로 이산화탄소.

화염 선풍은 상승 기류의 발생으로 주위의 공기, 이른바 산소를 계속해서 빨아들여 커진다.

그러나 주위에서 흡수한 것이 산소가 아닌 이산화탄소라면?

불은 그 모습을 유지하지 못하고 작아지는 것이 당연하다.

“치잇! 괴상한 마법을!”

“너한테 그런 소리 듣고 싶지 않은데!”

마인에게 듣고 싶지 않은 소리를 한 슈투름을 향해 나는 어떤 마법을 사용했다.

“어이쿠! 또 이겁니까? 성장하지 않는군요!”

내가 사용한 것은 슈투름의 발밑에서 흙 말뚝이 솟아오르는 마법.

전에 경비대 연병장에서 슈투름을 공중으로 유도하기 위해 사용했던 마법이다.

당연히 이번에도 슈투름은 공중으로 날아 그 마법을 피했다.

그리고 당연한 것처럼 공중에서 정지한 슈투름.

"지금이야!"

사전에 이야기했던 슈투름을 공중에서 묶어두는 작전.

그러기 위해 저번과 같은 마법을 사용했다.

다들 곧바로 내 의도를 파악하고 일제히 마법을 쏘았다.

"크! 예상했다는 거군요! 하지만 이런 어설픈 마법으로는 제게 상처 하나 입힐 수 없습니다!"

시실리 덕분에 회복한 미란다까지 포함한 모두의 공격이었지만 슈투름은 간단히 막아냈다.

그것도 그럴 터.

"음? 크! 이, 이건?!"

다들 최대 화력의 일격이 아닌 일부러 마력을 억눌러 공격했다.

그것은 슈투름을 공중에 묶어두려고 마법을 연사하기 위해서였다.

하나하나는 대단한 위력은 없지만 예상 밖의 수였는지 슈투름이 놀라 했다.

지금이다!

나는 자신이 제어할 수 있는 최대치까지 마력을 모으기 시작했다.

"……! 신 월포드! 이 자식!"

슈투름이 그것을 깨달았지만 모두의 마법 연사는 그치지

않았다.

나를 방해하고 싶어도 그럴 수 없는 상황이 완성됐다.

모두가 슈투름을 묶어두는 사이에 마력 제어가 끝났다.

"……잠깐, 정말 괜찮은 거 맞지?!"

모은 마력의 양에 슈투름을 공격하던 마리아가 물었다.

괜찮다고 말하고 싶지만 지금 집중이 끊기면 마력이 흩어진다.

"큭! 이런! 에잇, 성가시군!"

슈투름은 어떻게든 내가 마법을 발동시키지 않도록 발버둥 쳤지만 모두의 마법 공격은 그치지 않았다.

공중에 있었기 때문에 회피도 쉽지 않은 슈투름은 마력 장벽으로 방어하는 것만으로도 벅찼다.

이거라면…… 할 수 있어!

그렇게 생각하고 영창에 들어가려 했다.

그때.

나와 슈투름의 사선상에 누군가가 뛰어들었다.

그 인물은…….

"밀리아?!"

내게 슈투름을 막아달라고 눈물을 흘리며 애원했던 밀리아였다.

"……미안해."

"크윽!"

밀리아의 갑작스러운 난입에 놀란 나는 모았던 마력을 흩어버리고 말았다.

제길!

이런 중요한 순간에 방해하다니, 아까 했던 말은 우리를 방심하게 만들려는 거였어?!

그렇게 생각하고 소리치려 할 때였다.

"역시 밀리아 양입니다."

슈투름은 그렇게 말하고는 마법을 쏘았다.

밀리아의 몸에 가려져 그 모습이 보이지 않았던 나는 방어하거나 회피하지 못한 채 그 광선과 같은 마법에 오른쪽 어깨가 뚫렸다.

"크악!"

"신 군!"

이번 인생에서 처음으로 입은 커다란 상처에 나도 모르게 고통에 찬 목소리가 흘러나왔다.

그런 내 모습을 본 시실리가 내게 달려오는 것이 보였다.

나는 굉장한 고통에 견디면서 주위를 보았다.

다들 밀리아가 난입한 것에 놀란듯하다.

그만 마법 발사를 멈추고 말았다.

슈투름은 그 빈틈을 노린 것이다.

그러나 슈투름의 공격은 보이지 않았다.

그렇게 생각했지만 그 대답은 금방 알 수 있었다.

"……슈투름…… 님……."

내 눈앞에 떨어진 밀리아의 몸.

그 몸의…….

"설마…… 밀리아까지……."

가슴 한복판에 커다란 구멍이 뚫려 있었다. ……확실한 치명상으로 보이는 위치였다.

"음, 아쉽게도 빗나갔군요."

자신이 사용한 마법이 내게 치명상을 주지 못했기 때문인지 슈투름은 조금 아쉽다는 듯이 말했다.

그렇다. 조금 아쉽다는 듯이.

"슈투름! 큭! 이, 이 자식!"

슈투름은 밀리아가 뛰어들어 내 시야가 가려진 것을 기회 삼아 그녀의 몸과 함께 나를 꿰뚫었다.

슈투름을 사랑하고 그 아이까지 낳은 밀리아를…….

그 사실에 참을 수 없는 분노를 느낀 나는 오른쪽 어깨를 뚫린 것도 잊고 소리쳤다.

나도 모르게 힘이 들어가 흥분한 것으로 상처에서 피가 솟구쳤다.

"안돼요, 신 군! 가만히 있어요!"

달려온 시실리가 내 상처에 치유 마법을 걸어주었다.

슈투름이 사용한 마법은 어깨를 완전히 관통해 아까부터 출혈이 멈추지 않았다.

그것을 직접 치유하려면 통증으로 집중력이 이어지지 않을 터였다.

시실리가 있어 정말로 다행이었다.

내가 시실리의 치료를 받는 절호의 기회를 놓칠 수 없다는 듯이 슈투름은 나를 공격하려 했지만 그것은 다시 시작된 오그 일행의 마법 연사로 저지됐다.

"크! 정말이지 날벌레처럼 성가시군요!"

슈투름은 그렇게 말한 뒤 주위에 무차별로 마법을 쏘았다.

그러나 딱히 조준한 것도 아닌 모든 방향으로 날아간 마법은 모두의 마력 장벽을 돌파할 정도의 위력은 없었다.

아까 마도구의 마력 장벽이 뚫렸던 미란다는 마리아의 마력 장벽에 보호를 받았다.

나는 시실리의 신속한 치료 덕분에 어떻게든 마력 장벽을 전개할 정도로 회복할 수 있었다.

슈투름의 마법을 마력 장벽으로 막는 사이에도 시실리는 집중력을 잃지 않고 치료에 전념해주었다.

덕분에 슈투름에게 뚫렸던 오른쪽 어깨가 완전히 나았다.

"호오. 과연 성녀라 불릴만하군요. 벌써 완치하다니."

"슈투름! 너! 밀리아는 너를 정말로 사랑했는데!"

"그게 어쨌다는 건가요?"

"뭐, 뭐라고?"
"밀리아 양이 저를 사랑한 게 어쨌다는 겁니까? 그 사실로 인해 제게 무슨 의무라도 발생하는 건가요?"
"이, 이 자식……."
"그나저나 벽이 되어줄 거라면 위치를 더 생각해줬으면 좋았을 텐데 말이죠. 덕분에 끝장을 낼 수 없었습니다."
이제는 분노한 나머지 말조차 나오지 않았다.
전생을 포함해도 이렇게 화가 난 적은 없었다.
나는 그 분노를 담아 다시 마력을 모으려 했다.
그때.
"미, 미안해……."
"밀리아?!"
빈사의 중상을 입은 밀리아가 말하기 시작했다.
"네게…… 슈투름 님을 막아달라고 했는데도…… 쿨럭! ……하아, 하아. ……그래도 역시…… 슈투름 님이 죽지 않았으면…… 했어……."
"말하면 안 돼요, 밀리아 씨! 지금 바로 치유 마법을 사용할 테니까!"
"하아…… 하아…… 소용없어, 성녀님. 우리 마인은…… 치유 마법이 듣지 않으니까……."
"뭐?!"
"그, 그런……."

마인에게는 치유 마법이 듣지 않는다고?!

그런 소리는 처음 들었다고!

그렇다면 이건 치명상이다.

치료할 수단이 없다.

밀리아가 죽는 것은 시간문제일 것이다.

……이제 더는 비참한 일을 반복할 수는 없다.

여기서 반드시 슈투름을 막는다!

나는 아까 흩어졌던 마력을 다시 모으기 시작했다.

"음!"

내가 밀리아에 정신이 팔린 사이에도 슈투름은 모두가 끊임없이 발사한 마법을 막느라 내 빈틈을 노릴 수 없었다.

"치잇! 정말로 도움이 안 되는군요! 마지막으로 한 번만 더 공격해줬으면 좋았을 것을!"

"웃기지 마! 너는 여기서 반드시 없애겠어!"

내가 모을 수 있는 최대한까지 모은 마력을 이번에야말로 마법으로 변환했다.

『원자 융합.』

"……? 뭔가요? 그 영창은?"

슈투름이 의아해했지만 나는 그 질문에 답하지 않았다.

아니, 답할 수 없었다.

원자 융합을 위해 엄청난 양의 마력이 필요한 것과 그 제어에 극한의 집중이 필요하기 때문이었다.

『포위.』

융합된 원자를 마력으로 포위했다.

"대체 무엇을……."

『열핵 반응.』

그 포위된 마력 속에서 열핵 반응을 일으켰다.

"……! 뭐, 뭡니까?! 그 막대한 에너지는?!"

그러자 그 에너지의 크기를 알아차린 슈투름이 경악했다.

『방향 지정.』

나는 슈투름의 경악한 목소리를 무시하고 마법에 지향성을 부여했다.

이것을 할 수 없으면 절대로 실행할 생각을 하지 않았던 마법.

그것을…….

『발사!』

열핵 마법을, 슈투름을 향해 쏘았다.

"……! 다들! 공격을 멈추고 장벽을 전개해라! 후폭풍으로 불타 죽는다!"

내가 발사한 마법을 본 오그가 큰소리로 외쳤다.

그러나 이 마법은 『열』과 『폭풍』을 일으키는 마법이다.

방향을 지정한 것에는 열도 포함되어 있으니 주변에 영향을 주지 않는다.

그러나 그것을 맞은 슈투름은…….

"큭! 우오오오오!"

자신의 모든 마력을 마력 장벽에 쏟아부어 내 마법을 막으려 했다.

그러나.

"크으윽! 이, 이건…… 장벽이!"

슈투름이 펼친 장벽은 내 마법에 계속해서 잠식됐다.

그리고.

"이걸로…… 끝이다!"

나는 이걸로 모든 것에 종지부를 찍기 위해 전력으로 마력을 쏟았다.

그 결과.

"큭…… 크아아아아아!"

내가 전력을 담아 발사한 마법은 드디어 슈투름의 장벽을 깨뜨리고 그 몸을 집어삼켰다.

열핵 마법에 삼켜져 소멸되어갈 때, 저항을 멈춘 슈투름은 하늘을 올려다보며 무언가 중얼거렸다.

그리고 어째서인지 편안한 표정으로…… 소멸했다.

◆

"큭…… 크아아아아아!"

신이 사용한 마법에 장벽이 파괴되어 온몸으로 그 마법을 받은 슈투름.

그는 신의 마법으로 사라져가는 몸을 보며 하늘을 향해 속삭였다.

"……미안하다, 아리아…… 네 곁으로는…… 갈 수 없을 것 같아……."

그 말을 남기고 세상을 공포와 혼란에 빠뜨린 슈투름은.

이 세상에서 소멸했다.

◆

내가 사용한 마법이 슈투름을 집어삼키며 하늘 저편으로 사라졌다.

그리고 주위가 고요에 휩싸였을 때, 나는 그제야 숨을 내쉬었다.

"크아! 하아! 하아!"

해냈다…… 성공했어……!

이 마법을 사용하면서 가장 걱정했던 점이 제어에 실패하는 것이다.

지금까지 다뤄본 적이 없을 정도의 마력을 엄청나게 정밀하게 제어해야만 했다.

게다가 제어에 실패해 폭주라도 한다면 얼마나 큰 피해가 발생할지도 알 수 없었다.

슈투름에게 대항할 수 있는 방법이 이것밖에 떠오르지 않았다지만 엄청나게 긴장하며 사용했다.

만약 슈투름의 말로 분노한 채 마법을 사용했더라면 폭주했었을지도 모른다.

그런 의미로는 밀리아에게 고마워해야…….

"맞다! 밀리아는?!"

나를 냉정하게 만들어준 밀리아는 슈투름에게 가슴이 뚫려 빈사 상태에 빠졌었다.

그렇게 생각하고 돌아보니 밀리아는.

"아아…… 슈투름 님께서…… 돌아가시고 말았어……."

내가 슈투름을 쓰러뜨리는 모습을 봤는지 슈투름이 있던 곳을 바라보며 눈물을 흘리고 있었다.

"어째서…… 그런 짓까지 당했는데, 어째서 그렇게 슈투름을 좋아할 수 있는 거야?"

밀리아에게 아이를 낳게 하고, 그것이 기대에서 어긋났다며 내버려두고, 자신을 감싼 그녀를 꿰뚫은 슈투름.

그런데도 밀리아는 진심으로 슈투름의 죽음을 애도했다.

……어째서 밀리아는 이렇게까지 슈투름을 좋아하는 걸까?

그런 내 의문에 죽어가는 밀리아가 답했다.

"나…… 아니, 우리는…… 슈투름 님께서 구해주셨으니까……."

밀리아도 제스트와 같은 말을 했다.

"나는…… 말이지…… 원래…… 마물 헌터였어……."

밀리아는 자신에 대해 이야기했다.

"그렇게 유명해져서…… 귀족 눈에 들어가고 말았어…… 그리고…… 자신의 정부가 되라는 말을 들었지…… 하지만…… 나는 그걸…… 거절했어…… 그랬더니……."

거기서 빈사에 빠졌던 밀리아의 눈에 증오의 빛이 떠올랐다.

"내가 마물 사냥에서 돌아왔을 때 본 광경은…… 불길에 휩싸여…… 무너진 우리 집이었어……."

"그럴 수가……."

너무나도 참혹한 이야기에 시실리가 안타까워했다.

"잿더미 속에서…… 부모님과…… 여동생의 시신이 나왔어…… 원형도 유지하지 못한 모습으로……."

"……."

너무나도 처참한 이야기에 나는 말이 나오지 않았다.

"그 후로…… 나는…… 그 귀족의 추격자에게 쫓기게 됐어…… 자신의 요구를 거절해…… 창피를 주었다면서…… 그런 한심한 이유로……."

밀리아는 힘겨워하면서도 증오스러운 듯이 말했다.

원래는 말하지 말라고 해야겠지만…… 치유 마법이 통하지 않는 밀리아가 치명상을 입었다.

이제는 살릴 수가 없다.

그렇다면 마지막으로 하고 싶은 말을 하게 해주자고 생각했다.

"나는…… 그 귀족을 증오했어…… 가족을 죽이고…… 질리지도 않고 나를 괴롭히는 귀족을…… 그리고…… 그런 귀족을 방만하고 있는 제국을……."

거기까지 증오스러운 듯이 말하던 밀리아는 갑자기 자조적인 미소를 떠올렸다.

"하지만…… 나 혼자의 힘은…… 코끼리를 앞에 둔 개미나 마찬가지…… 결국 나는…… 그 추격자에게 내몰렸지…… 그때…… 슈투름 님께서 구해주셨어……."

그때를 떠올렸는지 밀리아는 처음으로 기쁜 표정을 했다.

"어째서 구해주셨는지는 모르겠어…… 그냥 변덕이었는지…… 아니면 내 이름이…… 사모님과 비슷했기 때문인지…… 이제는 알 수도 없어……."

밀리아는 그렇게 말한 뒤 대량의 피를 토했다.

"밀리아 씨!"

빈사의 중상을 입은 사람을 앞에 두고서 아무것도 할 수 없는 시실리는 밀리아를 안고서 필사적으로 불렀다.

조금이라도…… 그 목숨을 조금이라도 연장하려는 것처럼.

"쿨럭! ……후우. ……슈투름 님은…… 절망에 빠진 내 눈에는…… 신처럼 보였어…… 그리고 목적이 같다는 말을 들었을 때…… 나는…… 전력을 다해 슈투름 님을 도와드리자고 결심했어……."

"……그래."

나는 그 말밖에는 할 수 없었다.

그들의 감정은 이해할 수 있다. 하지만…….

그런 복잡한 심경이 소용돌이쳐서 나는…… 그 말밖에는 할 수 없었다.

내가 아무 말도 하지 못하는 사이에도 밀리아는 점점 쇠약해졌다.

그런데도 그녀는 웃었다.

"최악의 인생이었지…… 그래도…… 마지막에…… 그분의 아이를 낳을 수 있었으니…… 그것만으로…… 만족해……."

"밀리아 씨……."

눈앞에서 사라져가는 생명을 두고 눈물을 흘리는 시실리.

밀리아는 그런 시실리에게 마지막 부탁을 했다.

"성녀님…… 그 아이를…… 구해줘…… 그 아이는…… 아무런 죄가 없어……."

"네…… 네……."

시실리는 밀리아의 손을 잡고 몇 번이고 그렇게 말했다.

밀리아의 피로 자신이 더렵혀졌지만 절대 그 손을 놓으려 하지 않았다.

그리고 밀리아는 그런 시실리를 보며 미소 짓고는.

"잘…… 부탁……해……."

그런 말을 남기고…… 숨을 거뒀다.

이렇게 작년부터 이어진 마인 소동은…… 이번에야말로 정말로 끝이 났다.

무어라 형용할 수 없는 허탈감을 우리에게 남기고서.

제5장 모든 것의 끝?

오그 일행은 우리를 멀리서 지켜보다 밀리아가 숨을 거둔 것을 보고서야 우리에게 다가왔다.

“정말이지…… 씁쓸한 결말이군.”

“……그래.”

오그도 이 결말은 받아들이기 힘든 듯했다.

“어째서…… 어째서 이렇게 된 걸까요…….”

밀리아의 최후를 지켜본 시실리는 한동안 오열을 멈추지 않았지만 간신히 진정한 후에 그런 의문을 던졌다.

제국은 평민들을 무척이나 학대했다.

그리고 평민들은…… 제국에 증오를 품었다.

거기에 슈투름이라는 그들의 증오를 풀어줄 수 있는 자가 나타나고 말았다.

그러나 밀리아의 이야기에 따르면 그 슈투름도 제국에 강한 증오를 품고 있었다.

“거슬러 오르면 제국의 압정이 모든 것의 원흉이었지. 하지만…… 녀석들은 지나쳤다.”

오그는 시실리의 의문에 한동안 생각에 잠긴 뒤 그렇게

말했다.

“제국의 압정이 밉다면 지도자만을 없애면 됐다. 실제로 그만한 힘이 있었으니 말이야. 하지만 놈들은 제국이라는 『나라』 그 자체를 없앴다. 아무런 죄도 없는 일반 시민까지. 그게 녀석들의 죄다.”

압제 정치를 주도했던 제국이 잘못했다.

그러나 그에 대항하기 위해 모든 것을 없앤 것도 잘못이다.

“그리고 무엇보다 전 세계에 선전포고를 했지. 그러지 않았더라면…… 공존할 수는 없더라도 방치할 예정이었으니까.”

“자포자기하게 됐겠죠…….”

토르가 시실리의 품에서 숨이 멎은 밀리아를 보며 그렇게 말했다.

밀리아는 사랑하는 슈투름을 위해 한 행동이 반대로 슈투름을 절망의 구렁텅이로 떨어뜨린 것을 후회했다.

그리고 결국 슈투름도 밀리아도 이 세상을 떠났다.

“뭐, 가정을 이야기해봐야 소용없지. 어쨌든 이걸로 이 소동은 끝났다.”

오그는 그렇게 말하며 일부가 무너진 제국성을 보았다.

“한 가지만 제외하면.”

오그는 그렇게 말하며 밀리아를 안은 시실리를 보았다.

그 시실리의 얼굴은…….

지금까지 본 적이 없을 정도로 무언가를 결의한 표정이었다.

그리고 그 표정을 본 나는.

어떤 것을 결심했다.

◆

밀리아가 있었던 방을 찾았을 때 들린 것은 우렁차게 울리는 갓난아이의 울음소리였다.

그 울음소리를 들은 순간 누구보다도 빨리 아이에게 달려간 것은 시실리였다.

시실리는 우는 갓난아이를 가슴에 안고서 자상한 얼굴로 달랬다.

"착하다, 착해, 이제 괜찮아요…… 이제 무서운 일은 없으니까요……."

그렇게 말하며 갓난아이를 달래는 시실리는 마치 어머니처럼 자애로운 표정이었다.

한동안 울던 아이는 간신히 진정됐는지 울음을 멈추고 시실리의 품속에서 잠들기 시작했다.

"자…… 이제 마지막 문제는…… 이 아이를 어떻게 할지에 대해서군."

그런 시실리와 갓난아이를 보며 오그가 무척이나 곤란한 표정으로 그렇게 말했다.

마지막 문제.

그것은 이 갓난아이, 슈투름과 밀리아의 아이인 실베스터를 어떻게 할지에 대해서였다.

이 아이는 인간이지만 마인 부모에게서 태어난 아이다.

앞으로 어떤 일이 일어날지 상상조차 할 수 없다.

아무 일도 일어나지 않을지.

아니면…….

오그는 그런 아이의 처우를 어떻게 할지 결단하기 어려운 듯했다.

하지만 내 마음은 이미 정해졌다.

"오그."

"왜?"

"이 아이는…… 내가…… 우리가 기를게."

내가 그렇게 말한 순간 모두가 일제히 내 얼굴을 보았다.

다들 믿을 수 없다는 표정이었다.

단 한 명, 시실리를 제외하고는.

"신 군……."

시실리는 글썽이는 눈으로 기쁜 듯이 미소 지었다.

"……밀리아한테 부탁받았잖아, 이 아이를 부탁한다고."

나는 그렇게 말한 뒤 잠든 실베스터의 머리를 쓰다듬었다.

"네…… 네!"

시실리는 그렇게 말한 뒤 실베스터를 안은 채 내 가슴에 뛰어들었다.

나는 그런 시실리를 안으며 중얼거렸다.

"이 아이를…… 잘 키워주자."

"네…… 반드시…… 밀리아 씨의 바람대로…… 이 아이를 행복하게 해주겠어요."

시실리는 눈물을 흘리면서도 결의에 찬 표정이었다.

하지만.

"바보 같은! 제정신인가?! 신!"

오그가 큰소리로 반대했다.

그 목소리로 실베스터가 살짝 울먹였다.

"착하지, 착해, 괜찮아, 괜찮아."

"바보, 목소리가 크잖아!"

"그, 그래. 미안하다…… 아니, 그게 아니라! 마인의 아이를 네가 기른다니, 대체 무슨 생각이야?!"

칭얼대는 실베스터를 시실리가 달래는 옆에서 내가 작은 목소리로 항의하자 오그도 작은 목소리로 화를 냈다.

"그렇게 물어도 말이지. 그럼 어쩔 건데?"

"그건…… 보육 시설에 맡기든가 양자로 보내든가……."

"결국 누군가가 길러야 하잖아. 이 아이를 죽게 놔두지 않겠다고 했으니까."

"윽……."

"말했지? 여차할 땐 내가 책임진다고. 그리고…… 양자로 보낼 거라면 우리 집이어도 상관없잖아."

"그건…… 그렇다만……."

"그리고…… 그렇게 되지 않았으면 하지만…… 만에 하나 이 아이의 몸에 어떠한 이상이 발생한 경우 나라면 대처하기 쉽잖아?"

"……."

어떠한 이상.

확실히 말하지 않았지만 만에 하나 이 아이가 마인이 되는 일이 발생한 경우라는 뜻이다.

만약 그것이 아동 보호 시설이나 일반 가정에서 일어날 경우…… 피해를 최소화할 수 없다.

그렇다면 처음부터 우리가 돌봐주면 된다.

물론 그런 일이 일어나지 않는 것이 제일이다.

그러나 오그를 설득하려면 그 이유가 가장 설득력 있다.

내키지 않지만 그렇게 말해 오그를 설득했다.

그리고 한동안 생각에 잠겼던 오그가 이윽고 커다란 한숨을 쉬었다.

"하아…… 그런 이유라면 너 이상의 적임자는 없겠지."

"그럼……."

"그래. 대신 책임지고 기를 것. 무슨 일이 생기면 곧바로 보고할 것. 이건 반드시 지켜라."

"알았어!"

『와!』

오그의 선언에 나 이상으로 기뻐한 것은 여성들이었다.

다들 실베스터를 안은 시실리에게 몰려갔다.

"저기, 시실리. 나도 안아볼래."

"상관없는데…… 괜찮겠어? 마리아."

시실리는 그렇게 말하며 이제는 잠에서 깬 실베스터를 마리아에게 건넸다.

"아, 어, 이, 이렇게?"

"응, 그렇게 머리를 받쳐줘."

"으, 응…… 와아…… 작아라…… 따뜻해……."

실베스터를 안은 마리아는 황홀한 표정을 했다.

……마리아의 저런 얼굴은 처음 봤네.

그렇게 순서대로 여자아이들의 품에 안긴 실베스터는 마지막으로 미란다의 품에 안기자 갑자기 칭얼대기 시작했다.

"어? 어? 어째서?!"

"팔이 딱딱해서 그런 거 아니야?"

"그럴 수가?!"

무자비한 마리아의 말에 절망하는 미란다.

그런 미란다를 여자아이들이 웃으며 모여들었다.

그 모습을 보며 오그가 중얼거렸다.

"너, 처음부터 이럴 생각이었어?"

"아니, 그렇지 않아."

"그럼 이유가 뭐지?"

"밀리아가……."

"밀리아?"

"응. 밀리아가 죽기 직전에 시실리에게 말했어. 저 아이를 잘 부탁한다고."

"……."

"시실리도 결심한 표정이었으니 내가 지원해 줘야겠다 싶었어."

시실리는 오그가 문제가 남아 있다고 말했을 때 무언가를 결심한 표정을 했었고, 제일 먼저 실베스터에게 달려갔었으니까.

밀리아의 뜻을 이어받아 그 아이를 기르고 싶다고 생각한 것은 바로 알 수 있었다.

그리고.

"나도 양자이기도 하고."

"……그랬지."

"나는 할아버지 할머니한테서 많은 애정을 받으며 자랐어. 물론 두 사람한테는 앞으로도 은혜를 갚을 생각이지만……."

나는 그렇게 말하며 여자아이들에게 엄청난 인기를 얻고 있는 실베스터를 보았다.

"이 은혜를 다른 사람에게도 나눠주고 싶다고 생각했어."

"……그렇군."

오그는 그 이후로 아무런 말도 하지 않았다.

시실리의 결의를 지지해주고 싶은 것도 솔직한 마음이지만. 할아버지 할머니에게서 받은 애정을 다음 세대로 잇고 싶다는 것도 솔직한 마음이다.

그래서…….

나는 여자아이들 사이로 들어가 실베스터를 안았다.

"제대로…… 애정을 갖고 길러줄게…… 실버."

실베스터…… 실버를 안으며 그렇게 말하니…….

"다아."

실버는 그렇게 말하며 웃었다.

◆

밀리아와 다른 마인들을 화장한 뒤, 우리는 연합군이 재해급 마물들과 싸우는 전장으로 돌아갔다.

거기서 본 광경은…… 크게 웃으며 재해급 마물을 마법으로 처리하는 할아버지와 기쁜 표정으로 마물을 베는 미셸 아저씨의 모습이었다.

다른 사람들도 마물을 토벌하고 있지만 두 사람만 유독 눈에 띄었다.

……나는 다시금 굉장한 사람들에게 지도를 받았구나 싶었다.

이제 마물은 거의 남지 않았네.

이래저래 하는 사이에 한 마리, 또 한 마리 토벌했고.

“토벌을 확인했습니다! 이것으로…… 남아 있는 마물은 없습니다!”

마지막 한 마리의 토벌을 확인한 병사가 큰소리로 외치자 순간 주위가 고요해졌다.

그러나 이윽고…….

『우오오오오오오오오!』

마치 땅이 뒤흔들리는 듯한 커다란 함성이 터졌다.

“해냈어! 이겼다! 이겼다고!”

“그래! 우리가 해냈어!”

“우오오! 이겼다!”

저마다 소리치는 병사들.

그 외침은 온 전장으로 퍼졌다.

“후우…… 다행히 이쪽도 승리했군.”

“그래. 다행이야, 정말로…….”

연합군이 처리한 마물들의 사체 사이로 병사들의 시신도 보였다.

……역시 피해가 전혀 없을 수는 없었나…….

그런 많은 희생을 냈으면서도 병사들은 자력으로 재해급 마물들을 섬멸했다.

힘든 사투였겠지.

그렇기에 기쁨을 터뜨리는 것도 이해가 된다.

하지만…….

"아아아앙! 아아아아앙!"

그렇게 커다란 함성이 갑자기 터져 나오면 실버가 깜짝 놀라는 것도 당연한 일이다.

갑자기 울린 큰 목소리에 놀란 나머지 울음을 터뜨리고 말았다.

그러자 그 울음소리를 들은 병사들은 깜짝 놀라며 주위를 둘러보았다.

"어? 갓난아이의 울음소리?"

"어째서 전장에?"

"앗! 아우구스트 전하?! 마왕님?!"

주위를 둘러보던 병사들은 오그를 발견하고 일제히 무릎을 꿇었다.

처음엔 오그를 발견하지 못했던 병사들도 무릎을 꿇은 병사들을 보고서 그 앞을 본 뒤 오그를 발견하고는 무릎을 꿇었다.

그 움직임이 차례로 이어져 마치 물결처럼 병사들이 무릎을 꿇었다.

오…… 이거 굉장한 광경이네.

"오오! 전하! 무사하셨군요!"

그 광경을 본 가스톨 국장이 이쪽으로 다가왔다.

그 옆에는 마법사단장인 올그란 씨와 할아버지 할머니,

그리고 미셸 아저씨도 있었다.

가스톨 국장은 오그 앞에 무릎을 꿇고는 이쪽 상황을 물었다.

"하면 전하께서 무사히 돌아오셨다는 뜻은……."

"그래. 마인의 수령, 슈투름을 포함한 마인들은 전부 우리가 물리쳤다."

그 오그의 목소리는 무릎을 꿇고 조용해진 병사들에게도 잘 들린 듯했다.

『오오오! 완벽한 승리다!』

무릎을 꿇었던 병사들이 일어나 이번에도 커다란 함성이 터졌다.

조금 진정됐던 실버도 다시 큰 목소리로 울었다.

그러자 당연히 가스톨 국장도 실버의 존재를 발견했다.

"저, 전하? 그 아이는……?"

주변 병사들도 신경 쓰였는지 우리 근처에 있던 사람들은 함성을 멈추고 우리의 대화에 귀를 기울였다.

이런, 어떻게 하지?

변명거리를 생각해두지 않았는데.

내가 그렇게 곤란해하자 오그가 입을 열었다.

"아, 제도에 살아남았던 자가 있던 모양이더군. 부모는 이미 사망했지만 이 아이만큼은 기적적으로 살아 있었지. 그래서 보호해두었다."

오오, 숨 쉬듯 거짓말이 술술 나오네, 이 녀석.

그리고 제도가 습격당한 것은 1년도 더 됐잖아. 솔직히 그 변명이 통하지 않을 거라고 생각했는데…….

"오! 이런 상황에서도 살아 있었다니! 기적이다! 기적의 아이다!"

"우오오! 기적의 아이, 만세!"

"만세!"

말도 안 돼! 믿었어?!

저마다 실버를 칭송하는 병사들을 믿을 수 없는 심정으로 보고 있으니 오그가 귓가에 속삭였다.

"다들 이 위기를 넘어선 것으로 고양되어 있으니까. 원래라면 믿기 어려운 일도 기적이라고 믿고 싶은 거다."

……그렇게 되는 법인가?

그러니까 냉정했다면 여러모로 의아했겠지만 흥분 상태라서 그다지 깊게 생각하지 않는다는 거지.

그렇다면 냉정하게 생각할 수 있는 사람이 있다면 그게 통하지 않는 거 아닌가…….

"그래서? 어떻게 된 일이니?"

이것 보라고! 역시 있었어, 냉정한 사람!

그보다 할머니잖아!

이런 변명으로 얼버무릴 수 없을 줄 알았다니까…….

"자세한 이야기는…… 장소를 옮기죠."

"그럼 본진으로 가자꾸나."

이렇게 우리는 게이트를 열어 마도를 포위한 벽 너머에 설치된 본진으로 갔다.

게이트를 지난 곳에는 각국의 수뇌부가 있었다.

디스 아저씨와 예카테리나 씨, 아론 씨와 다른 왕들이었다.

"오! 돌아왔구나, 아우구스트! 잘했다! 아주 잘했어!"

통신기로 전황을 들었는지 게이트를 통해 나오자마자 기쁘게 맞이해주었다.

디스 아저씨는 오그가 걱정됐겠지.

그 모습을 보자마자 제일 먼저 달려와 안아주었다.

"……아바마마, 부끄럽습니다만."

"무슨 말이냐! 아들을 사지로 보낸 아비의 심정을 모르겠나?!"

"하아…… 알겠습니다. 지금은 얌전히 받아들이겠습니다."

"……아들내미와 거리감이 느껴진다만?"

"기분 탓입니다."

디스 아저씨와 오그가 그런 대화를 나누는 와중, 내게는 예카테리나 씨가 찾아왔다.

"정말로…… 정말로 애썼군요, 신 군. 수고했어요."

그렇게 말한 예카테리나 씨는 나를 안아주었다.

"잠깐! 예카테리나 씨!"

"정말 다행이야…… 마치 아들을 전장으로 보낸 기분이었어요…….”

“그렇게 말씀하시면 오해한다고요! 저기, 아니에요! 제가 예카테리나 씨의 숨겨둔 자식인 건 아니라고요! 사제를 걱정하는 사저라고요!”

사정을 모르는 사람이 보면 오해할 법한 말을 하는 바람에 나는 필사적으로 주변 사람들에게 변명했다.

그때.

“정말이지, 뭐하는 거니!”

“아얏!”

예카테리나 씨의 머리에 꿀밤이 떨어졌다.

창신교 교황인 예카테리나 씨에게 이런 짓을 할 수 있는 것은 세상에서 단 한 명뿐.

“너는 또 쓸데없는 오해를 살만한 말을!”

“힉! 죄, 죄송해요, 스승님!”

할머니에게 혼난 예카테리나 씨는 울상이 되어 사과했다.

……이 모습을 보면 교황의 권위가 흐려지는데…….

그렇게 본진이 혼돈에 휩싸였지만 어떤 한 마디로 정신이 들었다.

“응애.”

“어? 갓난아이?”

실버의 목소리에 모두가 조용해졌고 예카테리나 씨는 시실리가 안은 실버를 보고서 눈이 휘둥그레졌다.

"아, 듣자니 제도에 생존자가 있었다더구나. 그 생존자가 아이를 낳았다지만…… 부모는 사망한 모양이라 이 아이들이 보호했다고 해."

여기서 제일 발언력이 있는 할머니가 설명하자 각국 수뇌부는 다들 별말을 하지 않았다.

……역시 굉장하네, 할머니.

"그런가요…… 이 아이의 부모가 신의 곁으로 갈 수 있기를……."

예카테리나 씨는 그렇게 말하며 기도했다.

……무척 복잡한 심정이었지만 참견할 수는 없다.

이윽고 예카테리나 씨의 기도가 끝난 것을 확인한 오그가 디스 아저씨에게 이야기했다.

"아바마마, 잠시 우리끼리 할 이야기가 있습니다만."

"음? 그래. 그럼 밖에 있는 우리나라의 천막으로 이동할까."

"네."

"미안하다만, 잠시 자리를 비우지."

디스 아저씨는 남은 수뇌부에 말을 건 뒤 본진을 나갔다.

그 뒤를 우리가 따르고 어째서인지 예카테리나 씨와 아론 씨도 따라왔다.

"저기…… 저희끼리만 할 이야기입니다만……."

오그가 당황한 듯이 예카테리나 씨에게 말했지만 예카테리나 씨는 듣지 않았다.

"어머. 나는 네 아버지의 동문인데? 상관없잖아?"

"나도 동문이니 같은 편이대이."

"아니……."

오그도 창신교 교황인 예카테리나 씨에겐 강하게 말할 수 없는 듯하다.

나는 그런 오그에게 귀띔했다.

"뭐 어때. 이왕이면 끌어들이자."

"……하아, 알겠습니다. 두 분께서도 와주시지요."

오그가 그렇게 말하자 두 사람은 기쁜 표정으로 걸었다.

스스로 끼어든 거라고요.

나중에 불만을 말해봤자 안 들어줄 거라고요.

그리고 알스하이드 용으로 마련된 천막 안에서 실버의 태생을 밝혔다.

그때 모두의 반응은 정말이지 말문이 막힌 모습이었다.

"마인끼리의…… 슈투름의 아이……."

"정말인가…… 그런 일이 있을 수 있는 건가?"

가스톨 국장과 올그란 씨의 군인 콤비는 믿을 수 없다는 표정이었다.

전직 군인인 미셸 아저씨는 말없이 실버를 바라보았다.

"뭔가가 있을 거라고 생각했는데 설마 이렇게 중요한 일이었을 줄은."

"음…… 쉽게 믿기 어렵구나."

황당한 듯이 중얼거린 할머니와 믿을 수 없다는 할아버지.

그리고…….

““듣지 말 걸 그랬어…….””

이 이야기를 듣고서 후회하는 예카테리나 씨와 아론 씨.

오지 말라고 해도 온건 그쪽이라고요.

따라온 사실을 후회하는 두 사람과는 다르게 디스 아저씨는 한동안 복잡한 표정을 한 뒤 입을 열었다.

"그래서 이 아이는 어쩔 생각이지?"

"그건……."

오그가 그렇게 말하며 이쪽을 보았기에 그 뒷말은 내가 이었다.

"저하고 시실리가 키울 거예요."

시실리도 실버를 안은 채 내 옆으로 다가와 끄덕였다.

"그건……."

그런 나와 시실리의 결의에 디스 아저씨는 쉽게 말을 꺼내지 않았다.

그래서 나는 아까 오그에게 설명했던 이야기를 다시 전했다.

"음…… 그건 확실히 그렇다만……."

그렇게 말하며 고민하는 디스 아저씨 옆에서 입을 연 사람이 있었다.

"너희는 정말 그래도 괜찮겠니?"

할머니는 화난 것이 아닌, 무척이나 진지한 표정으로 나와 시실리를 보며 말했다.

"이런 복잡한 태생이 있는 아이를 제대로 키울 수 있겠니? 그 여자 마인을 동정하는 것뿐이라면 그만두는 편이 좋을 거다. 고생할 거야."

"그건 그렇구먼……."

나는 할머니와 할아버지의 말을 듣고서 웃음이 나왔다.

"왜 웃는 거니?"

"아니…… 할아버지 할머니한테서 그런 말을 들을 줄은 몰랐거든."

"무슨 의미냐?"

"할아버지, 나는 누구 아이야?"

"음……."

"그건……."

"복잡한 태생이라니, 나는 태생조차 모르잖아. 누가 진짜 부모인지도."

"""……."""

"그런 나를 할아버지가 주워줘서 할머니와 함께 키워줬잖아. 전에 할아버지 할머니의 아들을 지켜주지 못했던 속죄라는 말을 하기도 했지만…… 나는 할아버지 할머니한테서 그런 의무감을 느껴본 적이 없었어."

그것은 사실이다.

"나는 가슴을 펴고 말할 수 있어. 나는 현자의 손자야. 도사의 손자야. 두 사람에게서 확실한 애정을 받고 자란, 두 사람의 손자야."

"신……."

"너……."

"그러니까 나는 이어주고 싶어. 그 애정을, 이 아이에게."

나는 그렇게 말하며 실버의 머리를 쓰다듬었다.

실버는 기쁜 듯이 웃었다.

"그리고…… 그 사람에게…… 밀리아 씨에게 부탁을 받았어요. 그러니까 제가 책임지고 키울게요. 그러니 인정해주세요."

실버를 안은 시실리가 그렇게 말하며 고개를 숙였다.

"부탁합니다."

나도 그 옆에서 고개를 숙였다.

그렇게 한동안 있자 할머니의 긴 한숨이 들렸다.

"하아…… 알았다. 알았으니 고개를 들어."

"할머니!"

"할머님!"

"정말이지, 그런 소리를 하면 아무런 말도 할 수 없잖니."

"그렇구먼. 만약 여기서 거절하면 우리가 쏟은 애정도 거짓이 되니 말이야."

"할아버지……."

"신아. 너는 분명 내 손자다. 어떤 누구의 아이인지는 상관없어. 그러니 너도 그 아이에게 아낌없는 애정을 주어야 한다."

"응, 물론이야!"

"고맙습니다, 할아버님!"

가장 큰 난관이라고 생각했던 할머니의 승낙을 받았으니 이 문제는 해결됐다.

할머니가 승낙하면 아무리 디스 아저씨라 해도, 예카테리나 씨라 해도, 아론 씨라 해도 반대할 수 없을 테니까.

"그나저나 이렇게 빨리 증손주를 보게 될 줄은."

"허허. 애쓴 보람이 있는 거구먼."

할머니는 시실리에게서 실버를 받아들고 품에 안았다.

"오, 착하다. 그런데 이 아이에게 이름은 있니?"

"네. 이 아이를 낳은 밀리아 씨가 실베스터라는 이름을 붙였다고 하니 그대로 실베스터로 하려고요."

"실베스터, 그럼 실버구나. 착하다, 착해, 실버. 증조할머니란다."

"너무하잖아, 멜리다. 나도 안아보게 해줘."

"슬레인은 당신이 안아주면 울었잖아. 안 돼."

"으……."

"스, 스승님! 저도, 저도 안아보게 해주세요!"

어째서인지 예카테리나 씨가 필사적으로 부탁해 실버를 안았다.

"으아…… 귀여워라…… 신 군의 양자라면…… 내 손자……."

"잠깐! 이상한 말씀 마세요!"

"뭐 어때! 신 군은 내 아들이나 마찬가지잖아?!"

"안된다고요!"

이 사람은 정말 무슨 말을 꺼내는 거야!

창신교 교황의 손자라고 하면 또 할머니한테 혼날 거라고!

"후우…… 정말인데…… 뭐, 그건 그렇고 이 아이는 앞서 사람들에게 설명했던 것처럼 기적적으로 생존한 제국민의 아이라고 제가 공표할게요. 뭐 넓은 의미로는 틀린 말도 아니니까요. 아, 말해두겠지만 정치적 이용은 아니에요. 제가 공표하는 것으로 다소의 억지도 통할 거예요."

오, 이 사람도 의외로 제법이네.

교황인 자신이 선언하면 다소 억지인 변명도 다들 믿어줄 거라고 한다.

그것을 계산해 자신이 공표하겠다니.

"뭐…… 이번엔 어쩔 수 없겠네."

"그렇구먼."

그 말에는 할머니도 받아들일 수밖에 없었던 듯하다.

이것으로 모든 문제가 해결됐다.

남은 건…….

"제가 사태의 종식 선언을 한 뒤에는…… 여러분의 결혼식이네요."

예카테리나 씨가 그렇게 말하며 나와 시실리를 보며 윙크했다.

"아, 그렇구나."

"후후, 결혼식 전에 아이가 생겼네요."

우리는 그렇게 말하며 둘이서 미소 지었다.

그런 우리의 뒤에서…….

"이봐, 아론."

"왜요? 행님."

"뭐랄까…… 나를 무시하고 다들 정해버렸네……."

"그렇구먼요…… 그럼 스승님께 한소리라도 하지 그러쇼?"

"아론…… 나보고 죽으라고?"

"농담입니대이."

디스 아저씨와 아론 씨가 그런 대화를 했다.

……할머니가 있으면 남자들의 존재감이 옅어지는 것 같은데…….

결국 디스 아저씨도 할머니가 받아들인 것을 뒤집지 못하고 실버를 나와 시실리의 양자로 받아들이는 것과 실버의 태생은 기적적으로 살아남은 제국민의 아이라고 공표하는 것으로 마무리됐다.

◆

인류의 생존을 건 싸움에 승리한 다음 날, 예카테리나 씨가 통신기를 이용해 전 세계에 승리를 선언했다.

그 선언을 들은 사람들은 기뻐했고, 각국에서는 축제가 벌어졌다고 한다.

이렇게 이야기하는 것은 내가 그 광경을 보지 않았으니까.

이번 전쟁은 마인들에게 이기면 끝나는 것이 아니다.

내가 각국에 부여해준 마도구를 회수해 그 부여를 지워야 하니까.

당시에 바로 회수하려 해도 병사들도 많은 희생자가 있었고 그중에 분실된 물건도 있어서 우선 숫자를 확인한 뒤 회수하는 흐름이 됐다.

그래서 일단 각국이 저마다 나라로 가지고 간 뒤 참가한 병사와 무기의 수, 그리고 회수한 무기의 수를 확인한 뒤 완료한 나라부터 제출했는데…… 여기서 약간의 소동이 발생했다.

각국의 무기에 부여한 마법을 삭제하고 반납했지만 담만은 오랫동안 제출하지 않았다.

그리고 마지막 나라에 부여를 삭제한 무기를 반납한 시점에 무려 마법 부여한 무기의 제출을 거부.

알스하이드에 선전포고했다.

담의 주장은 이랬다.

『이렇게 상당히 위험한 무기를 만들 수 있는 신 월포드는 슈투름 이상으로 위험한 인물이며, 그가 속한 알스하이드는 세계 정복을 꾸미고 있다. 이 전쟁은 그것을 저지하기 위한

정의로운 싸움이다!』

그렇게 전 세계에 선언했다.

전 세계의 나라와 민중들은 그 전쟁을 맹렬하게 반발했다.

누가 뭐래도…… 스스로 말하기 좀 그렇지만 우리는 세계를 구한 구세주다.

그런 구세주를 악당으로 부른 것.

무엇보다 내가 부여한 무기를 그대로 가져간 뒤 각국 무기의 부여를 모두 삭제할 때까지 기다렸다는 비겁한 수단이 각국의 상층부만이 아니라 민중의 분노까지 샀다.

이렇게 보면 엄청난 사건이지만 어째서 약간의 소동이라고 가볍게 말했는가.

그것은 이 소동이 바로 종식됐기 때문이다.

앞선 선언은 전에 회의에서 본 담의 젊은 왕이 혼자서 멋대로 정한 것이라고 한다.

그런 짓을 하면 확실하게 전 세계를 적으로 삼는다고 판단한 담의 군대가 쿠데타를 일으켰다.

담 왕의 선언은 담의 국민조차 경악과 분노를 품었을 정도였으니 담 왕은 간단히 붙잡혀 곧바로 처형당했다.

그리고 그 소동이 끝나고 곧바로 부여했던 무기를 제출했다.

……담의 왕은 어째서인지 내게 적의를 품었긴 했지만 이렇게 바보 같은 짓을 하다니…….

결국 거듭된 담 왕국의 실수는 모든 왕족의 책임이라는

결론이 내려졌다. 왕가는 일족 전체가 처형당하는 것은 피할 수 있었지만, 정치적 실권은 모두 빼앗기게 됐다.

이른바 상징으로서만 남겨둔 것이다.

앞으로는 새로운 정치 형태를 모색하기로 하며 잠정적으로 국가 원수를 맡은 것은 담 군의 사령관.

전에 내게 이상한 질문을 했던 히이로 카툰이었다.

그 사람은 전에 공공연하게 왕을 비판했었기도 했고 솔직히 그다지 좋은 인상은 없었다.

정말로 괜찮으려나?

하지만 그것은 다른 나라의 내정이기에 우리가 참견할 이야기가 아니니 조용히 지켜보게 됐다.

아무 일도 일어나지 않았으면 좋겠는데…….

그런 소동이 있어 승리를 축하하는 분위기는 일단 중단됐다.

그래서겠지만…….

나와 시실리, 오그와 에리의 결혼식을 예카테리나 교황이 직접 거행한다고 발표됐을 때, 예상 이상으로 떠들썩해졌다.

알스하이드에서는 왕태자의 결혼 기념이라는 의미로 나라가 주최하는 축제가 열렸고, 실버라는 기적의 아이를 내가 양자로 받아들인다는 이야기도 공표되었다. 나도 마물에게 습격당한 마차에서 기적적으로 살아남은 아이라는 점도 있다 보니 기적의 아이가 기적의 아이를 거뒀다며 화제가 됐다.

그리고.

"신, 들어간다."

오그가 새하얀 턱시도를 입고 내가 있는 대기실에 들어왔다.

"흠, 제법 잘 어울리는군."

방에 들어온 오그는 자신과 마찬가지로 하얀 턱시도를 입은 나를 보며 그런 말을 했다.

"그러는 너는…… 익숙한 느낌이네."

"이래 봬도 왕태자니까. 예복을 입을 기회가 많았지."

"그래……."

그 이상 말을 잇지 못하는 나를 보고서 오그가 히죽였다.

"왜 그래? 역시 영웅님께서도 결혼식은 긴장되나?"

"당연하잖아! 너는 왜 그렇게 태연한 거야?!"

그렇다. 여기는 알스하이드 대성당의 대기실.

오늘 여기서 나와 시실리, 오그와 에리의 결혼식이 열린다.

전생을 포함해 결혼식은 처음인 나는 엄청나게 긴장했다.

나는 그런데 오그는 태연해 보이는 점이 분했다.

"말했지? 이래 봬도 왕태자라고. 사람들 앞에 나서는 건 익숙하다."

"그런 문제야?"

왕태자로서 사람들 앞에 서는 것과 결혼식은 다른 것 아니야?

내가 그렇게 생각했을 때.

"아우구스트 님은 저와 결혼하는 게 아무렇지도 않다는

건가요?!"

"안돼요, 그렇게 미간을 찌푸리면. 지금부터 결혼식이니까요."

"어머, 나도 참."

웨딩드레스를 입은 에리와 시실리가 우리 앞에 나타났다.

"저는 기쁘면서도 긴장돼서 어젯밤에 잠도 설쳤는데…… 아우구스트 님은 그렇지 않았던 거군요……."

"그, 그렇지 않아, 에리. 나도 에리와 이렇게 식을 올리기를 기대하고 있었어. 긴장보다 즐거움이 앞섰던 것뿐이야……."

"정말인가요?!"

"그, 그래. 물론이고말고."

"기뻐라……."

오그와 에리가 그런 대화를 나눴지만 나는 그걸 신경 쓰고 있을 때가 아니었다.

"아름다워…… 시실리……."

순백의 웨딩드레스를 입은 시실리에게서 눈을 뗄 수 없었으니까.

그 드레스는 아마도 A라인이라 불리는 드레스였다.

허리 부근부터 우아하게 퍼지는 스커트가 시실리의 가련함을 더욱 강조했다.

항상 귀여운 시실리가 몇 배는 더 귀엽게 보였다.

"고, 고마워요. 신 군도 멋져요."

나는 그런 차림으로 생긋 웃는 시실리에게 빨려 들어가듯

다가갔다.

시실리의 팔은 한껏 꾸민 실버를 안고 있었다.

"어쩐지…… 꿈만 같아……."

"저도 그래요……."

"둘 다 반드시 행복하게 해줄게……."

"후후, 두 사람만요?"

"어? 아."

그건 그러니까 가족이 더…….

그렇게 이해한 나는 말을 고쳤다.

"아니, 모두를. 모두 행복하게 해주겠어."

"네. 저도 모두를 지킬게요."

"시실리……."

"신 군……."

"네, 네. 서약의 입맞춤은 식을 할 때까지 참아주세요."

나와 시실리의 얼굴이 가까워졌을 때 아일린 씨가 끼어들었다.

"하하하……."

"아으……."

"그 모습을 보니 안심이네. 자, 실버는 맡아둘 테니까 빨리 다녀오렴."

"네. 그럼 부탁드려요, 어머님."

"후후♪ 벌써 손자의 얼굴을 볼 수 있다니…… 다음엔 두 사람의 아이도 꼭 보여주렴."

실버를 안고서 기분이 좋아진 아일린 씨가 놀리듯 그렇게 말했지만…….

"""네!"""

나와 시실리는 부끄러워하지 않고 그렇게 답했다.

"어머? 부끄러워할 줄 알았는데. 뭐, 됐어. 그럼 실버야, 할머니하고 같이 가자."

"다으아."

원했던 반응을 얻지 못했던 아일린 씨는 조금 토라진 표정을 한 뒤 실버를 데리고 자리로 돌아갔다.

다음에 찾아온 사람은 할아버지와 할머니였다.

"얼마 전까지만 해도 어린애라고 생각했었다만……."

"세월 참 빠르구나."

조금 감동적인 표정으로 두 사람이 그렇게 말했다.

그런 분위기에 휩쓸렸는지 나도 숙연하게 말했다.

"할아버지, 할머니, 오늘까지 날 키워줘서 고마워. 앞으로도 잘 부탁해."

"신……."

할아버지는 감격하며 눈물을 흘리고 말았다.

할머니는…….

"신. 너도 이제 처자식을 지닌 몸이다. 지금까지처럼 바보 같은 짓만 하면 안돼."

"아, 알고 있어."

"정말인지……."

잠깐, 모처럼 감동적인 분위기였으니까 그렇게 의심스러운 표정으로 바라보지 좀 말라고.

그렇게 생각하고 있으니 할머니 할아버지는 이번엔 시실리에게 말했다.

"시실리, 신의 아내가 되어줘서 정말 고맙구나."

"진심으로 고맙다."

"아, 아니에요! 그러지 마세요, 할아버님, 할머님. 저는 신 군의 아내가 되어 정말로 행복해요. 고맙다는 말은 제가 해야죠."

"역시 좋은 아이구나, 넌. 육아든 뭐든 곤란한 일이 있으면 언제든 말하렴. 도와줄 테니."

"음. 언제든지 부탁하려무나."

"네!"

으, 이쪽은 좋은 분위기잖아.

어째서 나한테만…… 그렇게 생각할 때였다.

"여러분, 시간이 됐습니다."

담당자가 맞이하러 왔다.

"그럼 가볼까, 신."

"그, 그래."

이런, 다시 긴장되기 시작했어.

하지만 움직이기 시작한 흐름을 거스를 수 없는 법, 나와 오그는 식장으로 갔다.

알스하이드 대성당에 모인 수많은 관객 앞으로 나와 오그가 모습을 드러냈다.

가장 앞에는…… 팀 아이들이 앉아 있었다.

오늘 여자애들은 평소의 교복이나 전투복이 아닌 멋진 드레스를 입고 있었다.

남자들은 모두 슈트 차림.

그런 모두가 히죽이며 이쪽을 보고 있었다.

에잇, 그렇게 웃지 좀 말라고!

그리고 얼마 후…….

"오오……."

"와…… 아름다워……."

교회 정면의 문이 열리며 웨딩드레스를 입은 시실리와 에리가 각자의 부모님과 팔짱을 끼고 나타났다.

에리의 아버지인 공작님은 처음 뵀네.

수염을 길러 무척이나 멋있어 보이는 사람인데 울지 않으려는 것인지 오히려 인상을 쓴 얼굴이었다.

반면 세실 씨는…… 으아, 벌써 울고 계셔.

시실리도 옆에서 쓴웃음을 짓고 있었다.

그렇게 우리의 앞까지 온 아버지들이 우리에게 딸을 건넸다.

"신 군…… 시실리를 잘 부탁하마……."

오열하느라 무슨 말인지 알아듣기 어려웠지만 나는 곧바로 대답했다.

"네. 맡겨주세요."

그리고 오그 쪽도 같은 대화가 오고갔다.

"전하…… 제 부족한 딸을 거둬주시다니 신하로서 더할 나위 없는 명예입니다. 부디 잘 부탁드립니다."

"음, 안심해라, 공작. 반드시 귀공의 딸을 행복하게 해주겠노라 약속하지."

"망극합니다."

음. 저쪽은 딱딱한 분위기네.

나는 평민이라 다행이다.

이렇게 시실리는 나의, 에리는 오그의 팔짱을 꼈다.

그리고 정면에서 기다리던 예카테리나 씨가 입을 열었다.

"그럼 지금부터 아우구스트 폰 알스하이드, 엘리자베트 폰 코랄, 신 월포드, 시실리 폰 클로드의 결혼식을 시작하겠습니다."

이렇게 결혼식이 시작됐다.

우선 예카테리나 씨가 성서에 적힌 구절을 읽었다.

처음 들었지만 뒷좌석 손님이 감동하는 걸 보면 상당히 좋은 말이겠지.

힐끔 옆을 보니 시실리도 감격한 모습이었다.

그리고 드디어 클라이맥스가 찾아왔다.

"그럼 아우구스트 폰 알스하이드."

"네."

"그대는 엘리자베트 폰 코랄을 아내로 맞이해 기쁠 때나 슬플 때나 사랑하고 서로를 지탱하며 평생을 함께할 것을 맹세합니까?"

"네. 맹세합니다."

"엘리자베트 폰 코랄."

"네."

"그대는 아우구스트 폰 알스하이드를 남편으로 맞이해 기쁠 때나 슬플 때나 사랑하고 서로를 지탱하며 평생을 함께할 것을 맹세합니까?"

"네. 맹세합니다."

"신 월포드."

오오, 왔다.

"네."

"그대는 시실리 폰 클로드를 아내로 맞이해 기쁠 때나 슬플 때나 사랑하고 서로를 지탱하며 평생을 함께할 것을 맹세합니까?"

"네. 맹세합니다."

"시실리 폰 클로드."

"네."

"그대는 신 월포드를 남편으로 맞이해 기쁠 때나 슬플 때나 사랑하고 서로를 지탱하며 평생을 함께할 것을 맹세합니까?"

"네. 맹세합니다."

"좋습니다. 그럼 그 서약의 증표로 반지를 교환하세요."

생일에 할아버지와 할머니에게서 받은 결혼반지를 시실리의 왼쪽 약지에, 시실리도 내 왼손 약지에 끼워주었다.

"그럼 신의 앞에서 부부의 약속을 나누세요."

나는 시실리의 얼굴의 베일을 들었다.

"사랑해, 시실리……."

"저도…… 사랑해요, 신 군."

서로에게 그렇게 속삭인 뒤, 나는 시실리에게 키스했다.

내 뒤에서는 오그도 에리에게 키스하고 있겠지.

"여기에 두 쌍의 부부가 탄생한 것을, 나 예카테리나 폰 프로이센이 인정합니다. 이 젊은 부부에게 신의 축복이 있기를!"

예카테리나 씨가 그렇게 말하자 그 몸에서 눈부신 빛이 뿜어졌다.

그것은 마치 신이 우리의 결혼식을 축복해주는 것만 같은, 무척이나 환상적인 광경이었다.

이렇게 나와 시실리, 오그와 에리의 결혼식은 그 성대한 막을 내렸다.

그 후로 한 달은 인류의 승리, 왕태자와 영웅의 결혼을 축하하는 축제가 벌어졌다.

부디 앞으로 시실리와 우리에게 행복이 찾아오기를…….

◆

알스하이드 대성당에서 열린 신 일행의 결혼식.

식에는 지금까지의 인연으로 각국의 수뇌부도 초대됐다.

그중에 지금 정세가 불안정한 나라의 대표도 있었다.

바로 담이었다.

잠정 국가 원수인 히이로는 담의 자택으로 돌아가자마자 소파에 털썩 앉았다.

"큭큭큭…… 내가 국가 원수라…… 이제야, 이제야 따라잡았다, 신 월포드. 너만 행복한 건 용서할 수 없지……. 나도 전생자니까 말이야……."

힘으로는 신과 나란히 설 수 없다는 것을 아는 히이로는 자신이 국가 원수가 되는 것으로 신과 나란히 서게 됐다고 생각했다.

그래서 젊은 왕의 자존심을 자극해 신을 싫어하도록 꾸몄다.

그 결과는…….

"이렇게까지 생각대로 놀아날 줄은 몰랐어. 뭐, 이걸로 내가 이 나라의 톱이다. 이 세계에는 없는 민주 공화제를 퍼뜨린 인물로 역사에 이름을 새겨주지."

히이로는 창밖을 보며 그렇게 중얼거렸다.

그때.

"큭! 크으윽!"

갑자기 격렬한 가슴 통증을 느끼고 그 자리에 주저앉고 말았다.

"뭐, 뭐야…… 큭!"

한동안 이어진 그 통증은 얼마 지난 후에야 사라졌다.

"하아! 하아! 후우…… 봐달라고, 이제부터인데."

히이로는 그렇게 중얼거리고서 앞으로의 일을 상상했다.

이것으로 드디어 전생의 지식을 살린 이세계 무쌍을 할 수 있겠다고 내심 환한 미소를 지었다.

◆

그리고 같은 시기, 엘스의 동쪽에 펼쳐진 산악 지대.

그 너머에 있는 사막 지대의 동쪽.

그곳은 미지의 땅으로 알려져 지금까지 그곳에 도착한 사람은 아무도 없었다.

신 일행도 그 너머를 몰랐지만, 그 사막 지대 너머에는.

커다란 나라가 있었다.

그 나라에서 어떤 남녀가 여행을 떠날 준비를 했다.

"샤오린 아가씨…… 꼭 가셔야만 합니까?"

"그래, 갈 거야. 가지 않으면…… 우리 가문이 끝나니까."

"그러시군요…… 그렇다면 말리지 않겠습니다. 함께 사지로 가시죠."

"믿을게, 리판."

그들이 갈 곳은 나라의 서쪽에 펼쳐진, 아직 아무도 답파하지 못한 사막 지대 너머.

그 너머에서 무엇이 기다리고 있을지 그들은 아직 모르고 있었다.

〈계속〉

■작가 후기

『현자의 손자』 11권을 읽어주셔서 진심으로 감사드립니다.

이번 권으로 슈투름 편이 종료되었습니다.

슈투름이라는 존재는 제가 줄곧 생각해온 라스트 보스의 이미지를 표현한 인물입니다.

저 자신이 비뚤어진 탓인지 세계를 정복하려는 마왕이 있으니 용사가 그것을 토벌해 세계를 구한다는 전개에 항상 의문을 품어 왔습니다.

애초에 조건도 없이 악의 존재라고 나오는 마왕이 말이나 돼? 하고요.

그래서 슈투름은 신의 적이 되기에 어울리는 이유를 만들어주었습니다.

그런데…… 이 작품은 독자님께 되도록 스트레스를 주지 않도록 주의하며 쓰고 있지만 앞서 서술한 것처럼 슈투름을 적으로 삼았기에 이번 11권은 상당히 어두운 이야기가 많아졌습니다.

이렇게 진지한 분위기가 이어지는 건 『현자의 손자』가 아니야! 하고 생각하면서도 그렇게 하지 않으면 마무리를 지을 수 없으니 이번 권은 어쩔 수 없이 진지한 성분이 많이 들어가게 됐습니다.

그것으로 슈투름 편은 끝났습니다만 『현자의 손자』 자체는 아직 이어집니다.

아직 회수하지 않은 이야기도 있으니까요.

뒷이야기는 조금 더 코미디 요소를 많이 넣었으면 좋겠습니다.

그럼 감사 인사를.

실은 이번 11권의 서적 작업 중에 계단에서 넘어져 왼쪽 손목의 인대가 손상되는 상처를 입어 스케줄이 뒤로 밀렸습니다만, 그것을 조정해주신 담당 S 님께.

폐를 끼쳐 정말 죄송했습니다.

이번에도 멋진 일러스트를 그려주신 키쿠치 선생님.

특히 표지의 밀리아 씨의 표정이 애절한 것이 훌륭했습니다.

그리고 만화를 담당해주시는 오가타 선생님, 시미즈 선생님에 더해 새롭게 메이의 이야기를 만화로 그려주신 니시자와 선생님, 지금까지 적은 숏 스토리를 만화로 만들어주신 이시이 선생님께도 감사를 전합니다. 정말로 인복이 많아 나날이 감사드리고 있습니다.

마지막으로 이 작품을 읽어주신 여러분과 애니메이션을 보고 좋아졌다고 말씀해주신 여러분께도 감사 인사를.

앞으로도 부디 잘 부탁드립니다.

2019년 10월 요시오카 츠요시

■ 악역 이인조의 표지입니다.
밀리아 씨의 엉덩이는 타이틀로 가려질 예정이었습니다만
디자이너 분께서 신경 써주신 모양입니다.
여러모로 표지용으로
디자인이 첨가되었습니다.

■역자 후기

안녕하세요. 역자 김덕진입니다.

『현자의 손자』 11권으로 인사드리게 되어 영광입니다.

앞서 작가님 후기에 나온 것처럼 이번 11권으로 슈투름 편이 끝났습니다.

사실 이번 11권은 작업하면서 제법 에너지가 많이 필요했던 것 같습니다. 연이은 전투 장면과 중간중간 들어가는 개그 요소, 그리고 각 등장인물의 드라마까지. 큰 줄기가 마무리되는 부분이다 보니 아무래도 평소보다 신경을 더 많이 쓸 수밖에 없었던 것 같습니다. 그래서 작업할 때는 각 장면의 연결에 지장이 없도록 노력했습니다.

어쨌거나 작품으로서는 1권부터 이어진 큰 흐름이 잘 마무리된 것 같아 즐거웠네요. 게다가 마지막에는 새로운 흐름을 예고하고 있으니 벌써부터 12권이 기대가 됩니다.

그럼 짧지만 역자 후기를 마칩니다.

다음 12권으로 찾아뵐 수 있기를 간절히 바라며 이만 줄이겠습니다.

감사합니다.

현자의 손자 11
일기당천의 신영웅

초판 1쇄 발행 2022년 7월 10일

지은이_ Tsuyoshi Yoshioka
일러스트_ Seiji Kikuchi
옮긴이_ 김덕진

발행인_ 신현호
편집장_ 김승신
편집진행_ 권세라 · 최혁수 · 김경민 · 최정민
편집디자인_ 양우연
관리 · 영업_ 김민원

펴낸곳_ (주)디앤씨미디어
등록_ 2002년 4월 25일 제20-260호
주소_ 서울시 구로구 디지털로 26길 111 JnK디지털타워 503호
전화_ 02-333-2513(대표)
팩시밀리_ 02-333-2514
이메일_ lnovellove@naver.com
L노벨 공식 카페_ http://cafe.naver.com/lnovel11

ISBN 979-11-278-6496-5 04830
ISBN 979-11-278-3969-7 (세트)

값 7,800원